我的父亲顾随

顾之京◎著

河北大学出版社
·保定·

我的父亲顾随 WO DE FUQIN GUSUI

顾之京 著

出 版 人：耿金龙
选题策划：何 东
责任编辑：何 东 赵彩霞
特约编辑：赵林涛
装帧设计：傳新 BOOKS DESIGN
责任校对：李天雪
责任印制：靳云飞

图书在版编目（CIP）数据

我的父亲顾随 / 顾之京著. -- 保定 ：河北大学出版社，2019.10
ISBN 978-7-5666-1464-3

Ⅰ. ①我… Ⅱ. ①顾… Ⅲ. ①传记文学－中国－当代 Ⅳ. ①I25

中国版本图书馆CIP数据核字(2019)第045327号

出版发行：河北大学出版社
地址：保定市莲池区七一东路2666号 邮编：071000
电话：0312-5073033 0312-5073029
邮箱：hbdxcbs818@163.com 网址：www.hbdxcbs.com
经 销：全国新华书店
印 制：石家庄名伦印刷有限公司
幅面尺寸：145mm×200mm
印 张：7
字 数：130千字
版 次：2019年10月第1版
印 次：2019年10月第1次
书 号：ISBN 978-7-5666-1464-3
定 价：58.00元

1956年4月，顾随与夫人徐荫庭于天津师范学院第二宿舍楼前

我的父亲顾随

老宅北房三间原貌

河北省清河县一座名为坝营的小村庄，有一户父子两代都是前清秀才的顾姓人家。顾家有田产，在县城和乡下都开有商号。1999年出版的《清河文史辑览》一书，据旧县志记载，这是一户“乐善好施”的开明之家：为读书人购置书籍、文具等用品，经营之寿材店时时施舍棺木予贫者，清末变法新政“莫不赞襄”，“经费支绌，则输私财捐垫”。[1]在坝营，直到2014年尚遗存有顾家老宅的三间大北房，及今只剩下昔日大门口一对石狮门墩，孤独地立在一户人家的院落里，尚记忆着一丝这个家族当年经济实力的殷实与文化积累的厚重。

清光绪二十二年正月十二日（1897年2月13日），顾家的长孙出世了。大约是父祖两代秀才——祖天祥公、父金墀公——寄望他能追随、成就前辈人求学上进的宏愿，而为他取名“随”，辈分在“宝”字，顾宝随，他就是我的父亲。[2]

父亲十周岁走出故乡，在外求学、做事。1932年金墀公辞世之后，再没回过老家，他承续了父祖两代的文化情怀，而不曾继承家族的任何产业。他的一生与书结缘，读书、教书、写书六字，尽足概括他的一生。

---

[1]见《清河文史辑览》（中国文史出版社1999年5月出版）“乡贤传略”节“儒学”栏“顾天祥”传。

[2]父亲在大学毕业后改名顾随，字羡季，取别号苦水，晚号驼庵。

目　录

第三章　登上大学讲坛 / 39

第四章　困居沦陷的北平 / 68

第一章 求学之路

（一）“过庭之训”

我的曾祖父天祥公曾几次进京下“大场”，希图考取功名而未果；我的祖父金墀公成年后，清政府已废止科举，他们于是把求学“上进”的愿望寄在了自己的长孙、长子宝随身上。因而，我的父亲接受“过庭之训”远早于能够“趋而过庭”之时：

自吾始能言，先君子即于枕上口授唐人五言四句,令哦之以代儿歌。至七岁，从师读书已年余矣。

这是父亲四十岁后在著作《稼轩词说》的“自序”中对自己最早的学习经历所做的追述，自牙牙学语之时就在我祖父的引领下读诵古诗。七岁是儿童入学的年龄，而父亲七岁时已在家塾里随从我的祖父这位塾师读书一年多了。他在家塾中读四书五经、唐宋八家文、唐宋诗以及先秦诸子中的寓言故事等。祖父课子极严，凡讲过的书都要求能熟练地背诵、准确地回讲；七岁开始练习写文言文，八岁时已能做出三五百字的通顺文章。祖父这位塾师在家塾里为爱

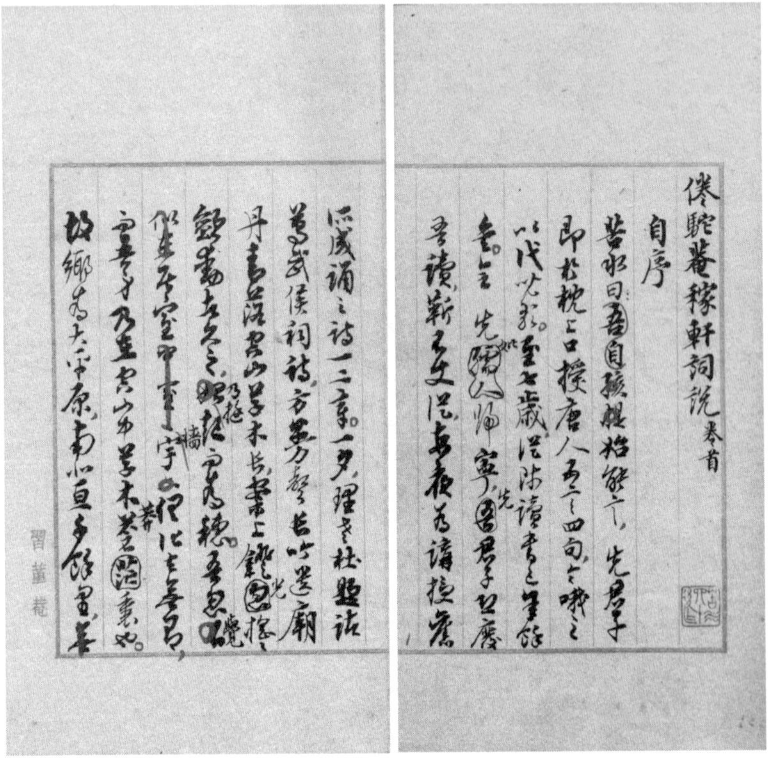

《稼轩词说·自序》（局部）

子打下了坚实的国学功底。

家塾的学业虽十分紧张而严苛，晚间炕桌前小油灯下祖父若给父亲读诵讲解一首唐诗，则是他一天中最为快意的时刻，有时一两句古诗竟能在他眼前演化出一幅幻境。父亲在他的《稼轩词说·自序》里，曾追述童年时听讲杜诗而突有领悟的一段传奇经历：

一夕，理老杜题诸葛武侯祠诗，方曼声长吟“遗庙丹青落，空山草木长”，案上灯光摇摇颤动者久之，乃挺起而为穗。吾忽觉居室墙宇俱化去无有，而吾身乃在空山中草木莽苍里也。

非梦境、非玄想，而是一个六七岁的孩童实实在在地身感神受着眼前出现的幻象，身心俱已脱出肉体的躯壳，化入千年前杜诗的境界中。那时，父亲自己也感到莫名其妙，他说，“故乡为大平原，南北亘千余里，东西亦广数百里，其地则列御寇所谓‘冀之南汉之阴无陇断焉’者也。山也者，尔时在吾，亦只于纸上识其字，画图中见其形而已。”因之当时自不免“形神有异”。长于诗赋又舐犊情深的金墀公敏感到爱子的形神变化，“诘其故”，父亲“略通所感”，祖父听了先是“微笑”，“已而不语者久之”，遂“罢讲”，安顿爱子归寝，这无疑是向爱子传递着无言的理解与鼓励。儿时对古典诗歌这种超常的、穿越时空的艺术感受，似乎已预示了父亲此后的人生必将在中华诗国中度过。

金墀公又是一个开明的读书人，他不但长于诗赋，还爱读小说，也支持儿子读小说。家塾中收藏的古代小说名著如《三国演义》《西游记》《封神演义》《聊斋志异》，以至算不上名著的如《好逑传》《粉妆楼》等二三流小说，父亲在十岁前家塾的课业之余已经完全读过了。读小说，成为一个乡村学童认识社会、认识人生的唯一窗口；读小说也成了父亲一生的“嗜好”；他说，“到了我十五岁以后，竟发展到渴望自己成为一个小说家”。

父亲终生不忘慈父的教诲，他在五十岁时吟出了“庐墓已丘墟，椎心记过庭”这样忆念老父的诗句。在晚年，他更具体地说：“我很感谢我父亲，他在我的幼小的心灵上撒下了文学爱好、研究以及创作的种子，使我越年长，越认定文学是我的终身事业。他又善于讲解，语言明确而有风趣；在讲文学作品的时候，他能够传达出作者的感情；他有着极洪亮而悦耳的嗓音，所以长于朗诵：这一些于我后来做教师、讲课都有很大的影响。”

（二）为获“秀才”头衔进县城高小

1907年，父亲十周岁，离开家塾，考进清河县高等小学堂。当年，曾祖父的初衷只是由于废止了科举，高小毕业，清政府就可以给个“秀才”头衔，而我父亲却是从此走出了老家，走上了一条与旧时家塾越来越不同的求学之路。

那时高小四年制，父亲于1911年毕业。四年光景，我们现在能知道的情况只有点滴：

清河县高小虽说是“新”学校，但连一个操场也没有，寄宿学生们每天就是“上班听讲，下班念书”，生活节奏“实际上和私塾也差不了多少”。不过，父亲在这里学到了他在家塾连听也没听说过的课程——外国历史和外国地理，这些课程打开了一个农村少年狭窄的眼界，进而开阔了心胸。

高小的“监督”（校长）是一位刚从日本短期留学归来的年轻人，“思想比较‘新’”，他告诉小学生们“作为一个‘国民’，就应当爱国”，这在父亲这个少年人的心里埋下了爱国的种子。这位“监督”是父亲爱国思想的启蒙者。

父亲发现自己的理科功课愈来愈不行，他说自己“简直是个‘低能儿’”。“博物”（动植物学）、“格致”（物理学）等，不懂就全凭背，算术不是“背”功，就成了大难题，只有硬着头皮去应付，勉强凑个及格。

旧日家塾打下的底子显出了它的优势。1911年，《直隶教育官报》第六期刊发了清河县高等小学堂学生顾宝随的一篇长五百字的文言文——《方孝孺不为燕王草诏论》，这可能是当时学校的考试作文，校方选择优秀作品送往报馆。这是一篇政论，论列由远及近，几层转折，议论严谨而深刻，文笔精准而坚实，单看文章，绝不会想到是出自一个高小学生之手。这是现今所见父亲最早发表的作品。

余讀板橋孤兒行不知淚之何從也因仿其體爲之

永年縣省立中學校學生 顧寶隨

小子有母時。阿父教讀。兒不才。阿父夏楚而鞭扑。面壁低聲不敢哭。日暮放學奔入阿母屋。 阿母病篤。臥牀不能起。不飲不食不言不喜。兒跪牀前。灑淚不已。大聲呼孃孃不理。兒誠不孝子。抱恨終天何及矣。 小子喪母。淚下如雨。東西流蕩。如物無主。阿父視兒倍加親。有懷難吐。問兒饑飽。視兒寒暖。知兒甘苦。兒雖有小過。不復似舊時怒。 小子出就外傳。讀書踽踽。涼涼氣不得舒。假日驅車歸里。無母百事不如初。阿父乃視兒衣破。令人縫洗。視兒屋穢。令人掃除。小子髮亂。阿父手自梳。呼兒問校中事。語徐徐。 小子論文才拙。讀書性昏。不能努力上進。立志自存。難慰慈母意。空負老父恩。似此不肖。何如雞豚畀通天。夫復何言。 小子思母。淚沾巾。不敢令老父見。恐傷老父心。凄凄秋風。哀哀暮碪。小子燈下自沈吟。

白菊

顧寶隨

已除煙火氣。入世亦偎人。避俗何妨淡。無香始見眞。

《学生杂志·文苑》刊发《余读板桥〈孤儿行〉……》《白菊》等

（三）在广平府中学的“小成”与“巨痛”

1911年初，父亲考进永年县的广平府中学堂，那时中学四年制，1915年初毕业。在中学，“科学的学习益见其不行。数、理、化三门，直是一窍不通”。老师们看他“平时老实、规矩，而且文科一类的功课成绩也还不错”，每次考试都“奉送”及格的分数，否则“是决不能升级、毕业的”。

文科成绩“不错”，这是父亲的自谦。他岂止是“不错”，简直是“超群”，有诗为证。1914年底与1915年初，上海商务印书馆编发的《学生杂志》连续两期在“文苑”栏刊发了“永年县省立中学校学生顾宝随”的四首旧体诗。两首五绝《白菊》和《时值秋日同学多种盆菊黄紫粉白灿烂如锦有一盆久不开戏赠以二十字》，咏物之中传达出一个少年人对人生的追求与美学理念，以理动人；五言古诗《二媪行》和长篇歌行《余读板桥〈孤儿行〉不知泪之何从也因仿其体为之》，带着农村少年朴拙的泥土气息，紧贴着一个少年人的社会经历和自身生活的悲欢，分别从正反两极通向父母子女间之亲情这一主题，以情感人。小学毕业时的一篇文言文、中学毕业时的四首古诗，证明着父亲文科水平与写作功力之不凡；崭露了少年顾宝随文学创作的才华与潜力。

父亲的中学时期也曾经历了他人生中第一次巨大的，甚至对他一生的性格产生影响的心灵伤痛。晚年，他回忆说，“（1912年）暑假，我母亲死去了（可以说完全是被继祖母折磨死的）。

这在我一向是脆弱而敏感的心灵上，是一个禁受不起的打击。从此我便总是忧郁而伤感。”祖母的死对于父亲认识旧家庭的本质，一定也起了关键的作用。他在大学毕业后的第二年，即曾着手撰写“家庭改造”的文章，讨论对旧家庭的改造，讨论“理想的新家庭”的模式。尽管文章没能完稿，但他明确提出了只有“异性的爱”与“亲子的爱”才是组织家庭的基础。到1926年，父亲一篇以“母亲”为题的散文发表在《沉钟》第八期。这是一篇极为精致的悼文，现实与幻想交织的笔法使全篇弥散着沉痛而又温婉的母子之爱，涵容着儿子对母亲的悼念与怀思。不同于旧式悼念文章的是，这篇散文带着一丝美丽的浪漫与遐思，显然已是受了西洋文学的影响。

（四）赴津“赶考”

祖父和父亲各自经历了丧妻与丧母的巨创之后，父子亲情更为深笃。祖父决意送爱子读大学，这在当时的故乡，在旧式的大家族，确是开天辟地之举。

1914年冬，祖父亲自送第一次出远门的爱子赴津，报考北洋大学预科。三姐之惠撰文《忆父亲顾随》记述过赶考途中的一段故事：

那时，故乡还没通汽车，要走两三天旱路才能到山东省德州乘火车北上。那是个滴水成冰的严冬大风天气，在一个小客店里宿夜，客房的窗子有很宽的缝隙，冷风直吹进来。父亲当时年轻，经过一天牲口轿车的颠簸，上床就入睡了，而祖父冻得不能成眠，他怕我父亲冻得睡不好，起床与客店主人要了糨糊和纸，一个人登上桌凳糊窗缝。天太冷了，糨糊刷到窗棂上立即凝成冰糊，祖父的手敷在窗缝上，用手温暖化糨糊，待纸能粘在窗上时，祖父的手业已冻得僵直，不能握拳了。但祖父就这样用了小半夜的时间糊好了窗缝，让我父亲能够有一夜的安眠。

父亲顺利地通过了北洋大学的入学考试，两年后的1917年，转入北京大学学法科经济门，1918年初，经校长蔡元培批准，学生顾宝随由法科转入文科英文学门，并于1920年夏毕业。

（五）大学时期的风华岁月

父亲在北洋大学读英语时报名参加了上海中华编译社设立的函授部，作为文科第一届学员，他在第二次月考中被评为优等，他的五言诗《夜坐忆玉妹》刊登在1917年3月16日上海中华编译社“社刊”之第七版。4月21日，该社发行的《学生周刊》第二期又发表了他的一篇《随便谈谈》，格言式的散文短语共八则，其内容不出做人、处世、读书，其核心则是一个“静”字。如“读书之法，宁迟勿快，宁静勿慌，宁少勿多，宁拙勿巧”，如“得意时以静处之

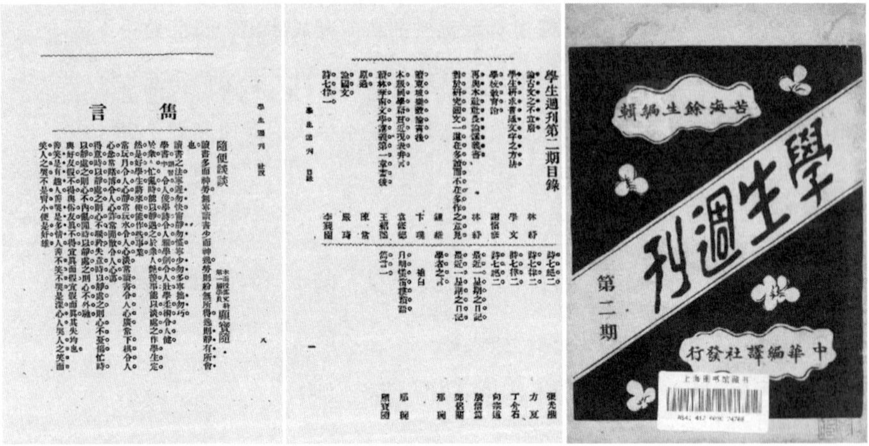

《学生周刊》第二期封面、目录及刊载的顾宝随文

则心不骄矜，失意时以静处之则心不忧伤，忙时以静处之则心不内乱，闲时以静处之则心不外驰”。虽具老庄意味，但绝不失一个青年人对人生的关注与进取。

由《随便谈谈》不由想到有所感而做精辟的文字表述，或许延续在父亲的一生之中。及今可见的如1945年笔记中之“没有理想的生活是枯燥的（牛马），没有实际的生活是空虚的（幽灵）”，1948年日记中之“生命，必须与以意义；倘无，急需觅得一个。生活，必须有一种才能；倘无，急需炼成一个”，都是闪现着生命火花的格言式的短语。

父亲在高小、中学、大学的各个学习阶段都有诗文作品发表，这实实在在地证明着父亲学生时代的专业实力，而不是什么偶然的机缘巧合。

在北京大学，父亲经历了1919年五四运动的洗礼，接受了西方的新文化、新思想，打下了一生学贯中西、融汇古今、博大精深的专业基础。在北京大学，他开始接触鲁迅先生的作品，从此终生以鲁迅先生为自己治学、创作乃至人生道路的导师。在北京大学，他拜识了几位名师，特别是使他终身受益的恩师沈尹默先生，还有周作人……他也结识了一些好友，杨晦、华钟彦、邓广铭、杨叶九……

遗憾的是，父亲在北大红楼度过的风华正茂的岁月，至今几于片迹不存。我只知道他在课业之余，对中国传统戏曲产生了浓厚兴趣，时或去听戏（京剧或昆曲），在对传统戏曲的欣赏中，不断提高艺术鉴赏的品位与修养，这对他此后的戏曲研究以及杂剧创作无疑起到了潜移默化的作用。他还学会了打乒乓，大刀式握拍，挥拍上阵，好不威风，他希望把自己的病弱之躯锻炼得强壮起来；他偶与同学一起打打麻将牌，在短暂的休闲中，通过“作牌”体验创造完美境界的过程。这些虽是课余的爱好，却昭示出他热爱生活、珍视生命的人生态度。

（六）母校情结

1930年夏，父亲北大毕业整整十年，时已任职燕京大学，“以事入城”，重游旧日读书的美丽校园：

> 时渐入夜，璧月在天。楼前夜合，池中白藻，相与馥郁。月光华香，若梦幻，若真实。楼舍矗立，若疏阔，若亲昵。池畔碧草上，有人仰卧，又有人散步低唱，或坐沙地上聚谈，与余昔时在校课余餐后情形无殊。……最后至图书馆前。数株老槐，枝叶愈密。独坐树下，月光穿叶，筵落襟裾……旧地重到，只如重温旧书，重逢故人……

此时此地，父亲心驰神往，身心定是俱已回到十年前的学生岁月。一段美文流布着光华异彩，涵容的是深沉的母校情结。

在我长大之后，家里的两件小事，让我直截地、真切地感触到父亲对北京大学怀着多么深挚的眷念与感恩之情。这都是父亲五十岁后的事儿。其一是1950年四姐之燕报考北京大学医学院，那时父亲正在重病之中，日日为病痛所苦。当四姐拿到了北京大学的录取通知书给父亲看时，父亲的脸上竟露出了半年多来不曾一现的笑意，轻轻地说了一句："这回咱们家有两个读北大的了！"他把自己用了多年的一支PARKER金笔给了女儿作为奖励。（第二年五姐之平又考上了北京大学医学院，家里就有三个读北大的了。）又其一是1953年春，父亲久病新愈，适逢5月4日北京大学在"燕园"举行中华人民共和国成立后第一次校友返校活动。父亲已三年余不曾外出，这回他竟然回到母校参加了三天校庆活动。他从北大返回家中时，那兴奋欢愉的神情，至今仍清晰地印刻在我的脑海里。母校北京大学之行，为他晚年再返教坛注入了无尽的生机与活力。

第二章 执教齐鲁津沽

（一）讲坛生涯第一站——山东青州

1920年夏，父亲从北京大学英文系毕业，9月，他来到山东青州的省立第十中学教书，担任英文教员，后又兼任国文课。那时的国文课主要是学古文，一个大学刚刚毕业、二十四五岁的年轻人，身兼两种不同语种的语言文学课，不仅在当时，即使在现在，恐怕也较为罕见。

青州中学旧貌

父亲的好友冯至晚年回忆说："……他熟悉英语，又喜读鲁迅小说和周作人当时的散文，所以在课堂上古今中外旁征博引，很能开拓学生的眼界，受到学生们的欢迎。"（《怀念羡季》）父亲自己也曾在信中坦率地告诉好友卢季韶：“随旧年在此（青州中学——京注），尚有微名，与学生亦甚融洽。”这些话均非虚语，父亲1921年6月末离开青州中学后的事儿即是明证：1922年的11月，青州中学新任校长力邀我父亲再返学校主持教务并任课，而已在济南女中任教一年余的顾羡季老师，校方与女生们又不肯让他离开，“百十女生，辞意诚恳，包围挽留”，于是两方校长协商，让我父亲兼任两校之职。青州、济南间虽有胶济铁路可通，但那时一次单程至少也得四五个小时。父亲“仆仆青、济之间”数月，直到好友卢伯屏1923年3月到青州中学接手工作。这样的事情在20世纪20年代初期，发生在一个刚刚大学毕业的青年教师身上，真称得上是个特例。这个特例似乎又预示着父亲的一生必将在讲坛上度过。

初登教坛，父亲每日除教书、批改作业而外，生活“不外写字、作文、看书”。父亲初为人师，他已开始考虑提高学生素质的问题——他认为不能让“求学的青年，太没事干”，“一下了班，一放了假”，“便任马由缰地胡混”；青年学生应有效地利用课业余暇来丰富自己，提高自己。他提出了这个问题，但当时还回答不了应该怎样做。此后数年的教学实践，他一直在摸索着这条道路。

父亲在青州虽只任教一年，但在这里他收获了人生最难得的友谊——结识了情逾兄长的卢伯屏，又经伯屏介绍，结识了同在北大就读的伯屏的弟弟季韶及其同乡冯至，他们的友情绵延终生，“高

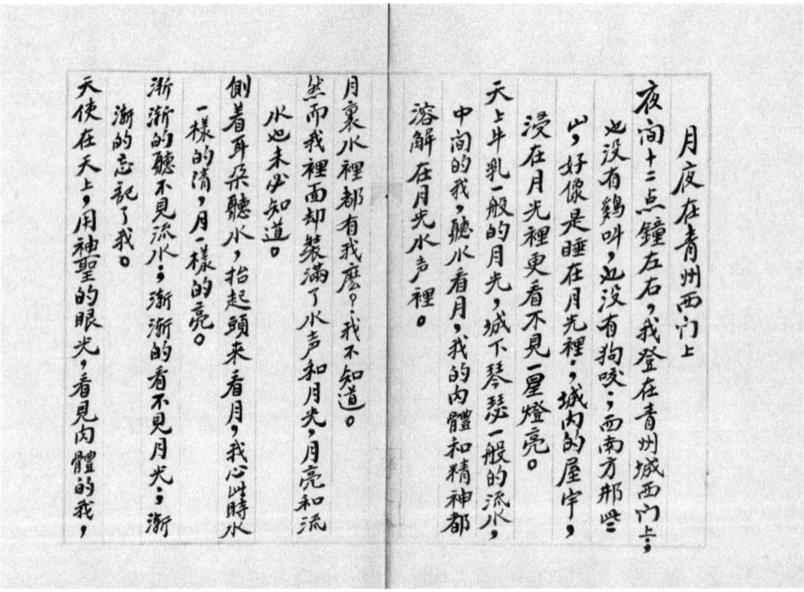

月夜在青州西门上

夜间十二点钟左右，我登在青州城西门上；
也没有鷄叫，也没有狗咬；西南方那些
山，好像是睡在月光裡；城内的屋宇，
浸在月光裡更看不見一星燈亮。
天上牛乳一般的月光，城下琴瑟一般的流水，
中間的我，聽水看月，我的肉體和精神都
溶解在月光水声裡。

月裏水裡都有我麼？我不知道。
然而我裡面却裝滿了水声和月光，月亮和流
水也未必知道。
側着耳朵聽水，抬起頭来看月，我心此時水
一樣的清，月一樣的亮。
漸漸的聽不見流水；漸漸的看不見月光；漸
漸的忘記了我。
天使在天上，用神聖的眼光，看見肉體的我，

散文手稿《月夜在青州西门上》（局部）

山流水”不足以尽言其情。父亲与屏兄、季弟的书札往还自1921年初至1959年底四十年，今可见者共五百余通。两位卢先生把好友的信函粘贴成册，珍存身边，虽经七七事变、奔赴国难、十年浩劫，不曾散失损毁。现已全部辑入十卷本《顾随全集》，为其中之第八卷。这些信函不仅留下了父亲一己生活思想的点点印迹，而且保存了许多现代文学史以及当日社会生活的珍贵资料，又时时可以读到一些信笔而书的美文。

青州时期的课业之余，父亲拿起了文学创作之笔，写散文，写短篇小说，也写旧体诗。1934年所编订的《苦水诗存》以青州时期的两首五绝、一首七古为开卷，今还可见父亲遗存的最早的散文、短篇小说手稿五种。

散文《月夜在青州西门上》，以浪漫的情怀、优美的散文诗笔法，描绘着古城青州月夜的美好，作者全身心地溶化在月色水声之中；小说《夫妻的笑》同样是散文诗的笔法，却极现实地展现着社会底层一对卖水果夫妻人性的质朴与情感的和美；小说《爱——疯人的慰藉》现实与浪漫的情怀交织，赞美着足以疗治心灵创伤的亲情；以“梦想”为题的两篇散文缘于周作人所译库普林《帝国的公园》所引发的“感情的冲动”，带着科幻的味道，对人世的将来做着既现实又非现实的推想。这些珍贵的遗稿代表了父亲早期新文学创作的风致。

山东青州是父亲一生讲坛生涯的第一站，也是他文学创作的起始之地。此前他已有一些小说、诗歌、散文，但既未发表又未留有稿本，以后编集时也未辑入。我以为，他可能是以那些作品为自己学生时期的习作，而以步入社会作为自己创作生涯的正式开端。

（二）短暂的记者、编辑生活

1921年6月29日，父亲离开青州中学，来到省城济南，短期担任“在济南稍微有点名气”的《民治日报》的编辑、记者。到编辑部的第二天，他为报纸“作了一篇评论、一篇小说”。这时，恰逢报纸增发“半周刊”（文艺副刊），即由我父亲来主持。为办好副刊，他力邀朋友们来稿。自1921年10月起，他陆续为尚在北京大学读德语预科、十六七岁的好友冯至发表诗歌、随笔等，这当是冯至最早发表的作品。（现今研究者均以1923年为冯至最早发表作品的时间。）

初到济南，报馆周围的环境使他十分快意，他在给朋友的信里做了诗意的描述：

喝！真好啊！一片镜面似的大明湖水都来到眼底下呢！水声汤汤，荷叶飘举，时而有一两个萤火虫儿在水面叶底忽隐忽现。

每到夜间，画舫里灯烛辉煌，笙歌喧嘈，倒也颇颇的有点意思。

记下了20世纪20年代初大明湖的夜景。

1921年7月，与杜威等人在大明湖历下亭前合影（右二为顾随）

父亲到报社十天之后，美国著名教育家杜威到济南做离华前最后一次讲演。7月12日，山东省各界邀请杜威和他的夫人、女儿同游大明湖并在历下亭前合影。父亲以《民治日报》记者的身份参加了这次活动。照片上前排中坐者是杜威与夫人，后排右二是我的父亲。父亲是北京大学英文系毕业生，这次游湖他还兼有一些翻译的任务。一周以后，杜威的讲演以《讲演录》之名于《民治日报》上刊发，父亲又以编辑的身份负责编发这份稿件。在杜威这次访问济南的活动中，父亲一身而兼记者、翻译、编辑三职，他说这“也算是我的一件纪念事”。在父亲的一生里，这是他第一次也是唯一一次参加官方的外事活动。

《民治日报》次年三月被当局查封，父亲的编辑、记者工作亦中止。

（三）泉城济南没有学究气的女中教员

1921年9月，秋季开学，父亲接受了济南女子职业学校中学部和山东省立第一女子中学的聘任，到校教国文和英文。

父亲在济南生活工作了三年。1923年，他应校长之请拟订了一份女中建设“简纲”：

A. 注重美育。

文学、图画、手工、音乐。（俱宜提高程度）

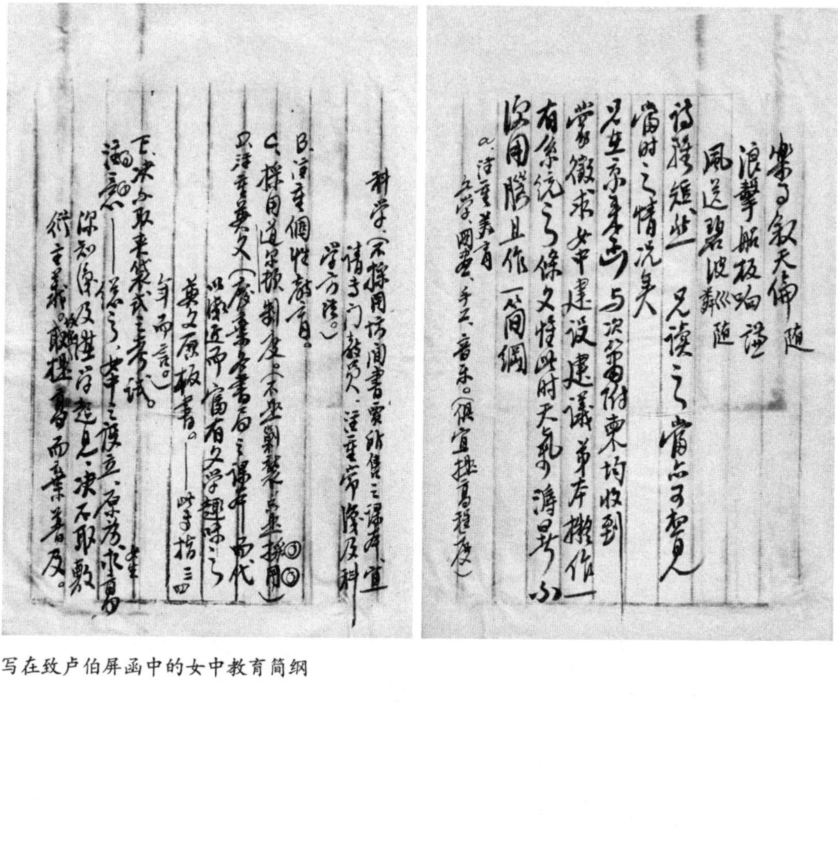

写在致卢伯屏函中的女中教育简纲

科学。（不采用坊间书贾所售之课本，宜请专门教员，注重常识及科学方法。）

B. 注重个性教育。

C. 采用道尔顿制度。（不是剿袭，只是采用。）

D. 注重英文。（废弃各书局之课本，而代以浅近而富有文学趣味之英文原版书——此专指三四年而言。）

E. 决不取夹袋式之考试。

注意——总之，女中之设立，原为女生求高深知识及升学起见，决不取敷衍主义。故宜取提高而弃普及。

这在当时很是超前，即使在今天也仍有一定的现实意义。

作为国文老师，他给学生讲解、介绍中外文学名作，把自己和冯至的通信念给学生，还把自己的作品如《送刘次箫君赴日本调查教育序》等印发给学生做国文课教材。一篇《深夜·序》是为指导学生写作而特写的范文，文中他以学生口吻描述“K师”[1]，可以看作是他的自画像、自评文。他设计“文字学”一课的讲授，今且举其讲“字典偏旁”一例：讲清“‘氵’之何以为‘水’，‘犭’之何以为‘犬’，‘小’之何以为‘心’”，“一则可使学生发研

[1]“顾”字英文旧拼作“KU”，故弟子们或称顾随为“K师”，朋友们则呼之为“K君”。

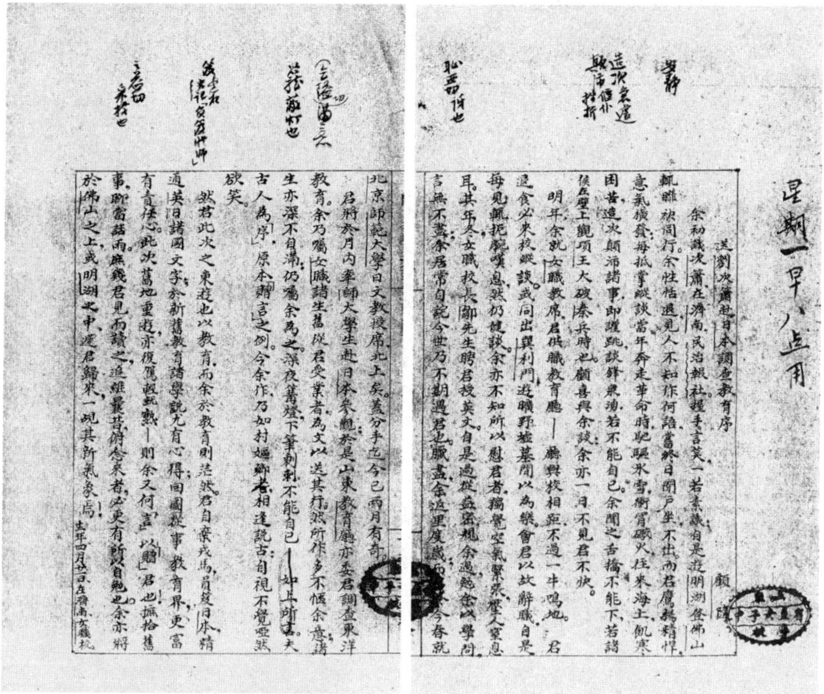

星期一早八点用

造次 急遽 顛沛 僵仆 挫折

送劉次蕭赴日本調查教育序　顧隨

余初識次蕭在濟南民治報社。握手言笑，一若素識。自是遊明湖，登佛山，輒聯袂同行。余性枯澀，見人不知作何語，嘗終日閉戶坐不出。而君鷹揚精悍，意氣橫發，每抵掌縱談，當年奔走革命時，馳驅冰雪，衝冒礮火，往來海上，飢寒困苦，造次顛沛諸事，即踔跳談鋒，泉湧若不能自已。余聞之，舌撟不能下，若諸侯在壁上觀項王大破秦兵時也。顧喜與余談，余亦一月不見君不快。

明年，余就女職教席，君供職教育廳——廳與校相距不過一牛鳴地。君退食必來校縱談。或同出興利門，遊曠野墟墓間以為樂。會君以故辭職，自是每見輒抵腕嘆息，然仍健談。余亦不知所以慰君者。獨覺空氣緊張，壓人窒息耳。其年冬，女職校長鄭先生聘君授英文。自是過從益密，規余過，勉余以學問，言無不盡。余居常自說今世乃不期遇君也。臘盡余返里度歲，[illegible]今春就北京師範大學日文教授席，北上矣。蓋分手迄今已兩月有奇。

君將於月內率師大學生赴日本參觀；於是山東教育廳亦委君調查東洋教育。余乃囑女職諸生舊從君受業者為文以送其行。然所作多不愜余意；諸生亦深不自滿，仍囑余為之。深夜篝燈下筆，刺刺不能自已——如其所言。夫古人為「序」，原本「贈言」之例。今余作，乃如村嫗鄉老相逢說古，自視不覺啞然欲笑。

然君此次之東游也以教育，而余於教育則茫然。君自棄戎馬，肩笈日本，精通英日諸國文字；於新舊教育諸學說尤有心得。回國從事教育界，更富有責任心。此次舊地重遊，亦復駕輕就熟——則余又何「言」以「贈」君也！振拾舊事，聊當話雨；庶幾君見而讀之，追維最昔，併念來者，必更有所以自勉也。余亦將於佛山之上，或明湖之中，遲君歸來，一睹其新氣象焉！

十三年四月廿一日，在濟南女職校。

用作教材的自著文

究《说文》之兴趣，二则可以得实用”。“至于音韵之学，使知四声、平仄、反切足矣。”——教育学上知识性、实用性、兴趣性、渐进性诸原则俱在其中矣。

他与学生相处得极为和谐。他向朋友说，“一班天真烂漫的女孩子，很有意趣。她们对于我所教的功课——国文——都肯极力研究”，他以此为自己生活中的“一种慰藉”。他与学生谈信仰、谈写作、探讨生命的价值……引导、评改学生们课外习作的诗词散文；他把学生们诗歌中的好句抄寄给好友卢伯屏，高兴地说：“老兄！您瞧这多像是我作的呀！真是老顾的学生呢！”他教过的不少学生因此爱上了文学，走上了文学道路。其中，现在知道的有一位现代文学史上占有重要一席的女作家、翻译家沉樱（当时名陈瑛）。当年陈瑛在老师离开济南之后，仍与老师有通信往还。父亲1925年的小说《孔子的自白》之创作，即由弟子的一封来信引发：

> 昨日得ㄔㄣ　ㄧㄥ[2]君书，有感；因作《孔子的自白》一篇。

弟子来信云何？这在以后致伯屏函中有追述：

[2] ㄔㄣ　ㄧㄥ，旧注音字母，相当于今拼音chen ying。

陈君丨ㄥ见我将其住址写错，来信问曰：“真的老了么？K师！”

因弟子的关切，且弟子甚喜老师作小说，而不愿老师填词，于是“K师”取《论语·述而》孔夫子“发愤忘食，乐以忘忧，不知老之将至”一语，“演义”而为一篇小说，回答弟子的问讯，表达自己的生活态度，且称弟子为“畏友”；小说成后，他第一先寄陈瑛一阅。成名后的沉樱曾称在山东女中她遇到了“影响她一生的国文老师顾羡季”[3]。

父亲自十五岁时就产生了“渴望自己成为一个小说家”的愿望，现在所见到的在泉城最早的一篇小说是《枯死的水仙》，最早发表的小说是1923年刊于《民治日报》的《反目》（署名聋瞽）。被鲁迅先生收入《中国新文学大系·小说二集》的《失踪》、刊于《民国日报·文艺周刊》的《立水淹》，亦均写于济南。这时，他正向着自己渴望的“小说家”之目标努力。

1924年，父亲发表了一组散文《蛇之草原》《头的照片》《街上》，[4]内容风格迥异于他一生中的所有其他作品，带着浓重的恐怖

[3]阎纯德，《沉樱，及其创作和翻译》，见《新文学史料》1984年第2期。

[4]三篇分别发表于1924年5月8日《山东时报》，1924年7月29日、1924年8月25日《民国日报》。

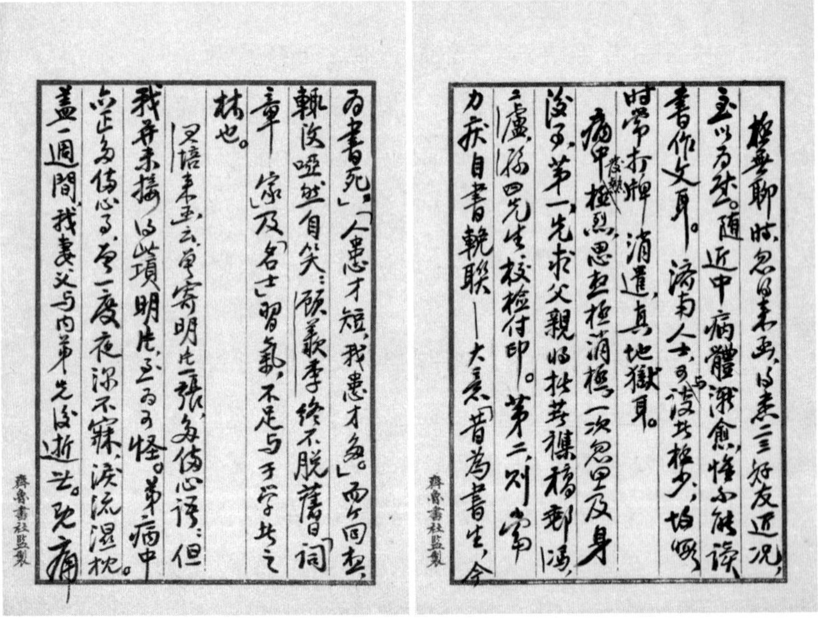

极无聊时，忽得来函，得悉二三好友近况，至以为慰。随近中病体渐愈，惟不能读书作文耳。济南人士可与谈者极少，故此时常打牌，消遣真地狱耳。病中发热，思想极消极，一次忽思及身後事，第一先求父亲将拙著襍稿，郑、冯、二卢、孙四先生校检付印。第二则当力求自书輓联——大意「昔为书生，今为书死」，「人患才短，我患才多。」而今回想，辄复哑然自笑：「顾羡季终不脱旧词章家」及「名士」习气，不足与于学者之林也。

又读来函云，弟寄明片一张，多伤心语；但我并未接得此项明片，正可怪。弟病中亦正多伤心耳，每一度夜深不寐，泪流湿枕。盖一周间我妻父与内弟先後逝世。驼庵

齐鲁书社监製

致卢季韶书

色调与玄想意味，以假想的超现实的意象，影射着当时军阀混战、“干戈满地”“人吃人”的现实，他自己评之曰，乃“愤世嫉邪”之作。

父亲的文学创作之途在青州起始之后，美丽的泉城正式开启了作家顾随的创作之途。

父亲到济南后的第二年（1922）秋，因中耳炎而引发寒热症，几乎死去。病中他自拟挽联曰：

昔为书生，今为书死；

人患才短，我患才多。

下联不免带有一个青年才子的自赏与自叹；重要的是上联，与其说是他对自己二十余年短暂生命历程的总结，毋宁说是他对自己人生的定位与生命的承诺——一生为书而生，为书而死。事实证明，他以自己的一生践行了这个诺言。

（四）在山环水抱的青岛胶澳中学

1924年6月下旬，父亲接受青岛私立胶澳中学的聘请，7月初离开济南，在山环水抱的海滨城市任教两年，教书之外，1926年短时间间断地兼任过《青岛时报》副刊和英文版的编辑。

在胶澳中学，父亲依旧是担任英文和国文两门课程。任课之初，课程不多，自感工作“颇从容”，几周下来，学生作文“笔下亦见清利顺适”，他自信“将来不愁不长进”。一年后，他又担起教务主任的工作，安排教学、参加校务会议，还要“调停”个别教师“与学生怄气”等琐事，他自嘲“憨头憨脑之老顾”，“教务担任得很觉勉强”。

尽管如此繁忙，父亲还是热心地参加学生们的课外学习活动。1924年底，青岛市举办学生“成绩展览会”，他帮助学生准备参展作品，一周之内阅、评、改学生作品一百余份。1925年7月，已经放了暑假，他应学生请求，帮学生排练“化妆讲演”，连返里的日期都推迟了。尤其令人想不到的是，课余还常和学生们一起打桌球……在胶澳中学，他感到宽慰的是，学生“大半都甚欢迎我”，自己在“同事学生之间，处处得相当之敬重”；唯一令他感到不足的是，有些学生课堂上“呆若木鸡，不肯发问，是以不提人兴趣”，使自己提不起精神来。他所希求的是，师生互动交流、热烈融洽的课堂氛围。

父亲十分喜爱青岛的山水。1923年在济南的一场大病之后，自感“身体太糟”，“必从事于运动休养”。在青岛，他尽享大自然的赐予，首先爱上了海水浴，青岛的气候春夏秋三季都可以进行，他写有一段投入大海怀抱的诗意文字：

今昨两日自己夹着本书，跑到离校五里以外的一个太平湾里洗澡。海面汪洋，浪花飞舞，上是青天，下是绿水，四顾无人，只我自己浮沉水面，好不痛快人也。

我家的老旧相册上，原本贴着一张父亲在海滨泅水的小照，茫茫大海，数朵礁石，照片上的父亲上半身出于海水浪花中，双臂有力地支撑在身边的两块礁石上。这张照片实实在在颠覆了我头脑里父亲那文弱书生的形象。可惜这张照片毁于十年动乱中。

课后暇时，父亲还时常“做远足游二三小时”，同样留有诗一样的美文：

……登山之后，复往游海。北风虎虎，浪高如山，卷至岸上，喧豗若雷吼半天，真奇观也。昨日复深入林中，野花灿霞，芳草如茵，大有春意，殊不似深秋情景。

父亲在青岛仍然写小说，有《乡愁》《浮沉》《孔子的自白》《浮海》《海上斜阳》等（今只见《乡愁》《孔子的自白》两篇），但他创作的兴致却渐渐转向了词。他说，青岛“富于自然，山，海，森林在在可以征服我而使我沉醉”。一定是青岛的青山、大海、茂林激荡起父亲填词的灵感与激情，所以他“自来青后，甚喜作词”；进而他为自己定下创作上“拟专习一门，即‘词’是也”的方向。不久，他感到自己“文艺方面，只小词日见晋益”；好友冯至也敏感地觉察到来青岛后，“K君之词，大有进步”。

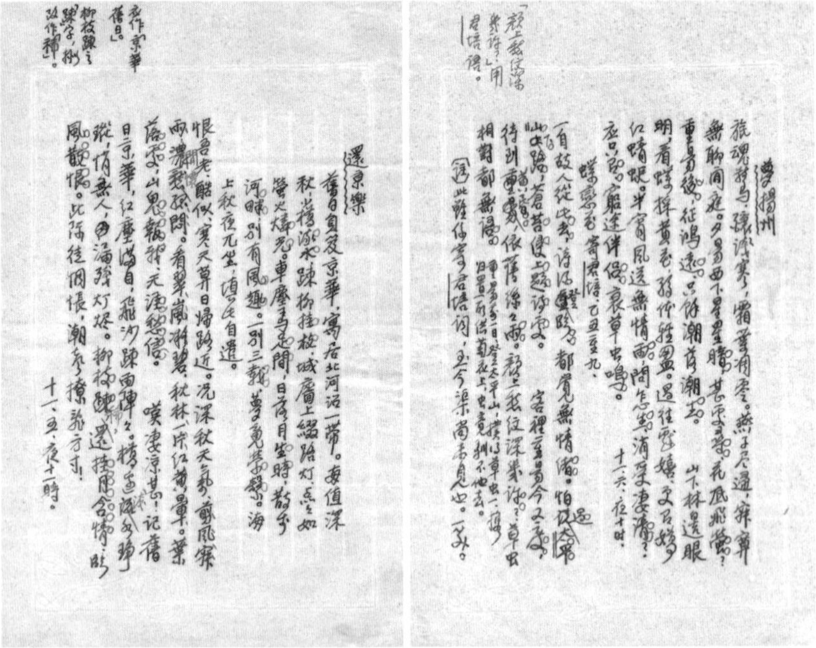

青岛时期词稿两页

为了小说创作，在青岛，父亲大量阅读了英文原版小说和鲁迅的作品；词创作的兴致又促使他开始大量阅读词学著作。父亲自幼跟从我的祖父读诗、作诗，十五岁时开始留意于词，二十岁时方自己学着作词，可以说到青岛之后正式步入了词创作的成熟期、旺盛期。他在1927年编订的第一种词集《无病词》，所收词作即以1924年8月到青岛时的作品为起始，词集上、中两卷所收词均为青岛时期之作，是青岛美丽的大自然开启了他作为词人的创作生涯。

在青岛，他经常邀请好友来赏樱花、看大海，青岛时期是父亲一生中作为东道主与朋友们交游最多的一个时期。1924年暑假，父亲先邀好友冯至到济南，同游泉城，然后一同到青岛度暑假。一对燕南赵北的青年诗人，共度了两个月的诗意生活。在胶澳中学的教员宿舍里，二人同住一室，晚间畅谈、白日登山看海而外，更多时间是各自读书、写作。有意思的是，他们还把在青岛的生活分别以书翰向好友们“汇报”。现仅摘引冯至致杨晦函中谈到之K君的情况：

满山上红楼绿树相遮映，清凉极了！……昨日K君曾登山之巅，我因疲倦，未得与游……（1924年7月3日）

……最能读书的要算二陈[5]，最能作文的要算羡季。……

[5]文学团体“浅草”社成员陈翔鹤、陈炜谟。当时二人也被冯至邀至青岛度假。

（1924年7月19日）

我费了一日之力写成了一篇独幕剧。……C君看了，他说还好，……K君读了，也说新鲜，他题了“暴风雨中”（作为剧本的题目——京注）四字。（1924年7月27日）

K写了一篇《乡愁》，其中主人公是有岛武郎小说中的“阿末”，鲁迅小说中的“祥林嫂”一类的……我为周刊作了几篇无聊的文章，自己觉得很惭愧呢！（1924年7月27日）

羡季的长篇小说（即《海上斜阳》，稿不存。——京注）也开始了。只要是朋友写东西，我真是快活万分。（1924年8月上旬）

K君的词，大有进步，我也游戏地做了几首旧诗……（1924年8月13日）

（五）离“经”叛“道”的天津女师国文教员

1926年9月6日，青岛胶澳中学已经开学，父亲接到祖父转来老师齐国梁的“手谕”，“以国文教席见嘱”。齐先生是父亲读广平府中学时的英文老师，时方自美留学归来，任天津女师校长。父亲很感谢这位齐先生教了自己几年英语，他说，否则恐怕北洋大学预科也考不上哩。有老师之嘱，老父之言，父亲很快办清了胶澳中学的离职手续，来到地处津沽的直隶第一女师范学校，立即投入教学工作。

在这里，他担任国文课、英文课，后来又兼任过伦理学、文字学、诗词以及西洋近代文艺译读；1928、1929两年还曾短时间兼任过教务主任、国文主任。

一开始授课，他就感到这里的学生“程度齐一”，作文亦“明净可观”，一班“天津味儿”口音的女孩子，“甚活泼”，“太能嚷”，课堂上“一发问，则应者如雷”，“隽语一出，笑声哄堂上震屋瓦”，这是父亲希求的师生互动交流的课堂气氛。他“每日上课颇觉有趣”，但他更深知这种表面的“繁荣”绝非长计，对学生“当使一小厉害”，即给她们“加压”，促使她们多读书、多思考、多写作。

那时的天津是军阀褚玉璞的天下，他下令国文课不许讲白话文，只许教四书五经，以之禁锢青年学生的思想。父亲这个经过五四运动洗礼的国文教员，全然不顾训令，毅然反其道而行之，弟子王振华在毕业六十余年后仍清晰地记得当年的情况：老师“教了我们三年鲁迅作品，以及鲁迅所倡导的北欧、东欧及日本的文学作品”。她深情地回忆老师当年讲鲁迅《伤逝》的情景：

（顾先生）用他那充满感情的抑扬顿挫的声调朗读，这就把学生的注意力完全集中到课文中去，全室鸦雀无声。……读到“那是阿随，它回来了”，满室发出了呜咽……

随着《伤逝》的讲授，父亲介绍学生们读易卜生的《娜拉》，之后再讲鲁迅的《娜拉走后怎样》。他在“还未入世的十几岁的少女面前……用鲁迅思想……指明了前路：子君的路不能走！娜拉的路也不能走”！女孩子要自立，要走自己的路，把握自己的命运；“如想在社会上立足，就必须先求得在经济上的独立！”父亲教过的这些学生很多后来走上了革命道路，不少人在新中国担任过重要职务，更多的弟子像老师一样，一生耕耘于教坛。

父亲在女师工作三年，每周课时至少十九节，由于课程门类多，学生课下习作的份数也随之增多。同时他“不只是限于课堂上出题”，还由学生们“在课外随便写，写了随时交，老师随时改”，好的文章老师推荐给校刊编辑先生，“在校刊上发表”。（王振华《纪念我的老师顾随先生——宣传鲁迅的先行者》）老师批改这些习作，“细致认真，圈圈点点，有眉批，有总评，从思想内容到写作技巧都要提到”（曾中嫚《我的老师顾随先生》）。如此这般的工作，花去了大部分课余时间，甚至耽误了自己的创作，父亲有时不免要在朋友面前大发牢骚——“改卷子，改卷子，改卷子，除了上课之外，就是改卷子；除了改卷子之外，还是改卷子……”，但是职业之敬、爱生之情，使他于忙碌中也获取了快乐与欣慰，他在给伯屏兄的信中近乎天真地表露：“倘使你到天津来，看一看我教的那三班学生作的文，你一定也替我高兴的。”他还把“从学倚声”的弟子之作品抄寄给屏兄，让友人与自己同享成就的愉悦。

父亲在女师仅仅三年，1929夏秋之际即去了北平。离校后，他的形象、他的影响留在了学校，留在了学生们的心里，因之父亲的女师弟子中就有了很特殊的一位——著名剧作家、《八女投江》等作品的作者颜一烟（当时名颜毓芳）。她1930年考入女师时，已经发表了一些作品，到女师后，听到了顾随老师的名字，慕老师之名，多次于回京探亲时，去老师的家里拜见、求教，师生交往甚是密切——我最早听到颜毓芳的名字，是从我母亲的闲谈中。1934年，颜毓芳考入日本早稻田大学，行前向老师辞行，老师将自己常用的一方小砚送给了她，此后师生似是再没有过联系，而这方小砚一直伴随在一烟大姐身边。1990年，三姐之惠去看望一烟大姐，当时她已重病在床，不能写作，她郑重地从自己床头小桌上拿起这方小砚给师妹之惠看。古人传法给弟子称“传砚”，父亲当年赠砚给她，是借用这个典故呢，还是因弟子姓颜名一烟，与“砚”谐音呢？或许都有吧！

在父亲的受业弟子中，情形如颜一烟者并不鲜见。这里有一段后话，不妨先说。书法家欧阳中石1949年入辅仁大学时，顾随老师已重病不能授课。待老师病体渐痊之后，他多次去老师家“趋府受教”，他说：“我虽未登‘堂’，但已入‘室’。”（欧阳中石《只可仰望夫子　不敢忝做学生》）至2013年，《顾随全集》十卷本即将刊印，我与河北大学及河北教育出版社同仁一道前去拜请欧阳先生题写书名。欧阳先生十分激动地述说了当年老师当面单独讲授的情形。几天后，欧阳先生交给出版社的题签是“顾随先生全集　欧阳中石敬题”十二个字。他说，你们只选用其中“顾随全集”四字就是了，我是弟子，老师的全集我必须这样题。

在天津女师，父亲正值而立之年，他不仅做了一名好教师，还在1927、1928两年连续印行了自己的两种词集——《无病词》《味辛词》。词集由他自己编订，好友冯至为做设计装帧，印刷是在母校北大红楼的印刷所。

《无病词》封面

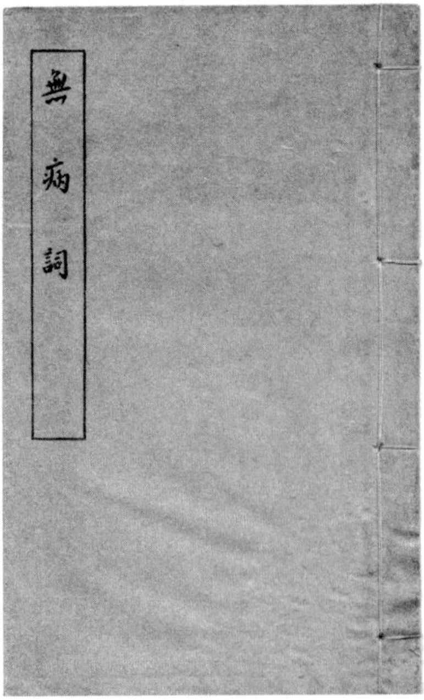

《无病词》八十一首，沿袭着传统词作抒“小我”之愁的情脉，又承续着历代爱国词作的情志，由“小我”扩及于民族家国之“大我”，担忧着国家民族的命运。“味辛”一集，进一步根植于现实，深涵着对国家民族的忧患与世事人生的求索。

《无病词》之下卷、《味辛词》之全部以及此后《荒原词》中前三十三首，均是身居津沽时所谱，“七十二沽间”的三年，

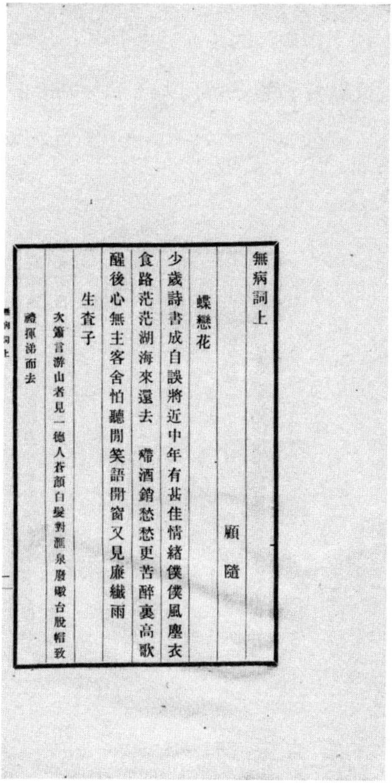
無病詞上

顧隨

蝶戀花

少歲詩書成自誤將近中年有甚佳情緒僕僕風塵衣食路茫茫湖海來還去　殢酒銷愁愁更苦醉裏高歌醒後心無主客舍怕聽閒笑語開窗又見廉纖雨

生查子

次籥言游山者見一德人蒼顏白髮對滙泉磨礅台脫帽致禮揮涕而去

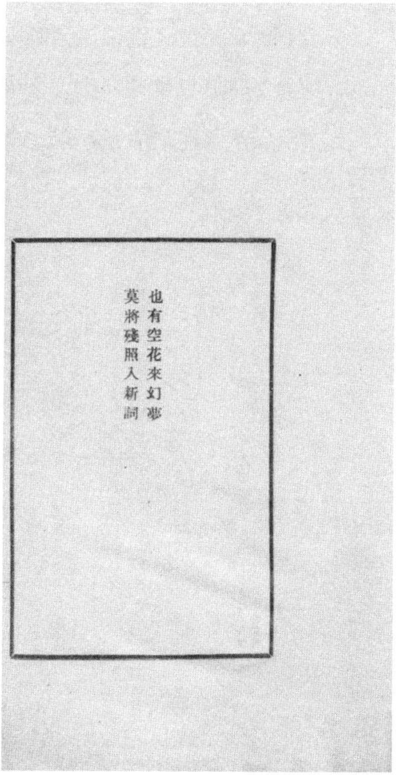
也有空花來幻夢
莫將殘照入新詞

《无病词》扉页及首页

父亲延续着青岛时期词创作的热情，进入了创作的丰收期。不仅只词，他的《废墟》《母亲》等小说、散文刊于《沉钟》；初到天津女师时的散文《课余闲话两则》刊于1929年的《女师季刊》；创作之余，他开始练习译作，今可见日后发表的安特列夫（俄）的小说《大笑》《在车站上》等。

第三章 登上大学讲坛

（一）走进燕园

1929年9月开学，父亲走上了古都名校燕京大学的讲坛，成为国文系的专任讲师。初到燕京，他住在学校安排的成府村吉祥胡同六号的一个小院落。父亲在他的散文中说，小院落颇明净，小街也很

1929年秋初入燕京大学时留影

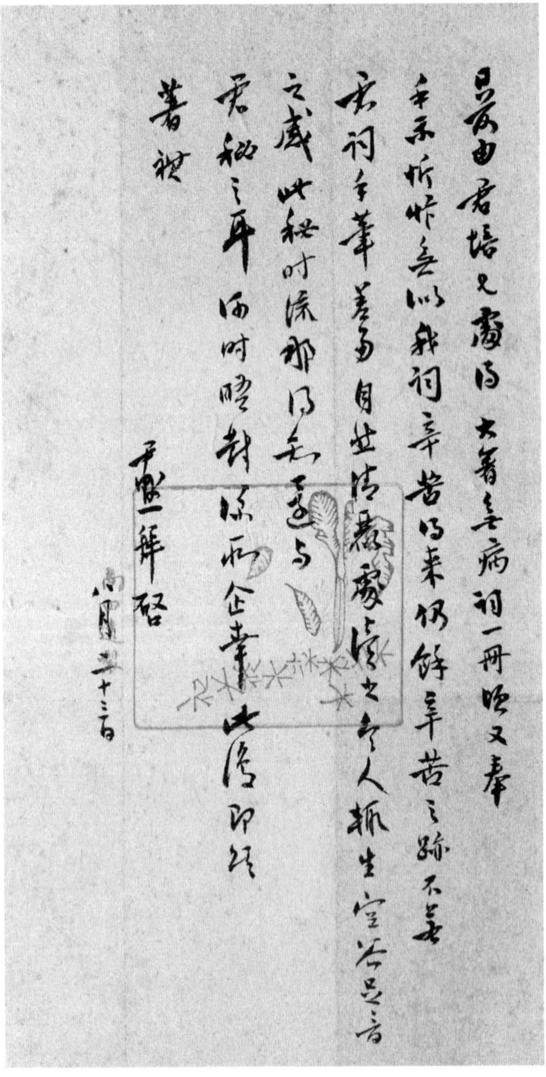

日前由君培兄处得 大著无病词一册昨又奉
手示忻忭无似我词辛苦得来仍余辛苦之迹不足
示词手笔善为自然清新处读之令人顿生空谷足音
之感此秘时流那得知遥与
君秘之耳何时暇能过谈殊所企幸此复即颂
著祺
尹默一拜启
八月二十三日

沈尹默致顾随书

僻静，静得几乎像是没有人在这里住过。对居处的这一点感受，我想与他有了一份较过去稳定的教职后心底的安稳有着微妙的关联。这一年的深秋，一天下午课后，学生赵澄带了相机来到这里，为老师拍下了一张坐在书桌前藤椅上的照片。照片上的父亲，潇洒安闲的仪态，沉静庄重的面容，微锁的眉宇，透过近视镜片的专注的目光，见出一位中年诗人、学者的风采。

父亲是怎样从一名中学教师走进古都名校燕京大学的？这与他填词有直接关系。印行两种词集完全出于父亲诗人的气质和兴趣，没有丝毫个人功利目的，他绝没有想到，两种词集的问世促成他走进了高等学府。1927年夏末，《无病词》印刷竣事，父亲托好友冯至将词集呈奉读北大时的恩师沈尹默先生座前。老师见到弟子所赠《无病词》，“欣忭无似”，立即回信，称赏弟子之词“自然清丽”，“读之令人辄生空谷足音之感”，且拿自己之作与弟子比较，谦言己词“辛苦得来，仍余辛苦之迹”[1]，并在燕大课堂上向学生们做了推介，赞为“佳作”[2]；随即又托北大学生郑骞（因百）询问弟子的第二种词集何时出版。在老师的鼓励之下，次年夏《味辛词》印行。二词集刊行之后不久，《大公报·文学副刊》刊登了赵万里（署名“镜”）的短文与吴宓（署

[1]1927年8月23日沈尹默致顾随书。

[2]事及引文见郑因百《论诗绝句一百首·九十六（沈尹默 顾随）》注。

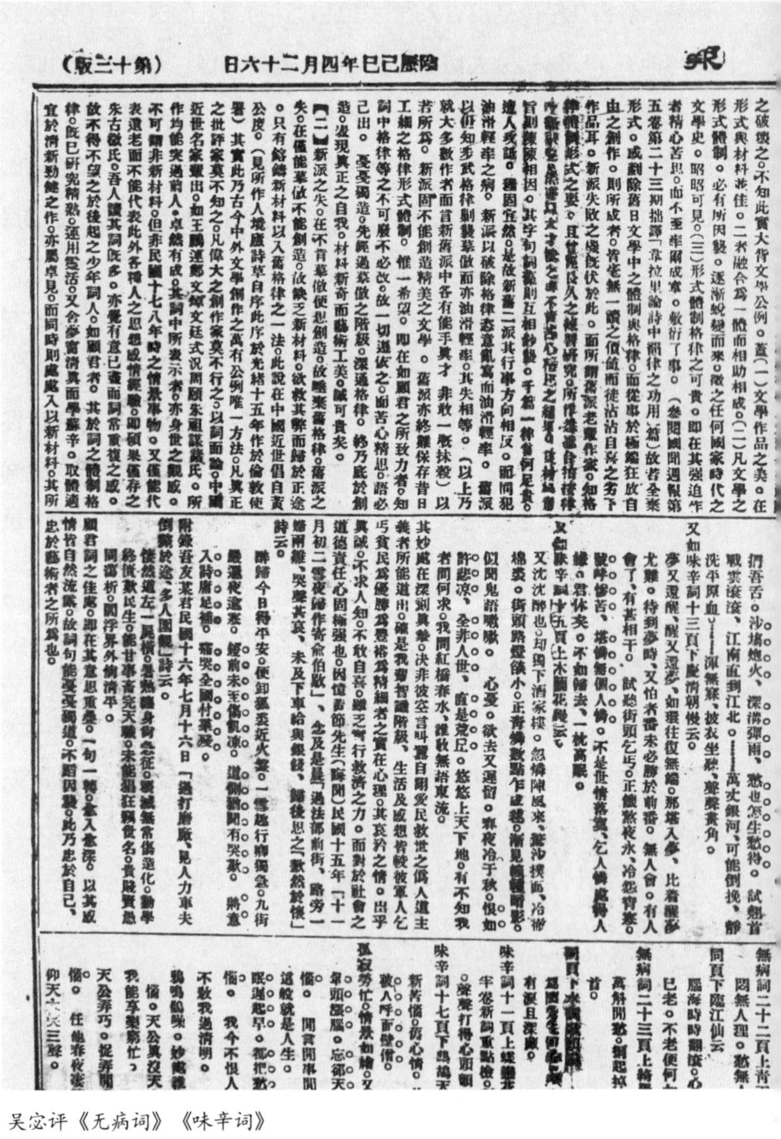

報　陰曆己巳年四月二十六日　（第十三版）

之破壞之。不知此實大背文學公例。蓋（一）文學作品之美。在形式與材料並佳。二者融合為一體而相助相成。（二）凡文學之形式體制。必有所因襲。逐漸蛻變而來。徵之任何國家時代之文學史。昭昭可見。（三）形式體制格律之可貴。即在其強迫作者精心苦思。而不至率爾成章。敷衍了事。（參閱國聞週報第五卷第二十三期拙譯「韋拉里論詩中格律之功用」篇）故若全棄形式。或劃除舊日文學中之體制與格律。而從事於極端狂放自由之創作。則所成者。皆毫無一讀之價值而徒沾沾自喜之劣下作品耳。新派失敗之幾既伏於此。而所謂舊派老輩作家。知格律體制形式之要。且曾經長久之練習研究。所作每篇皆合格律[illegible]不肯苦心構思之[illegible]皆[illegible]陳陳相因。其字句詞藻則互相鈔襲。千篇一律曾何足貴。[illegible]是故新舊二派其行事方向相反。而同犯油滑輕率之病。新派以破除格律恣意亂寫而油滑輕率。舊派以但知步武格律剿襲摹倣而亦油滑輕率。其失相等。（以上乃就大多數作者而言新舊派中各有能手異才　非敢一概抹殺）以若所為。新派固不能創造精美之文學。舊派亦終難保存昔日工細之格律形式體制。惟一希望。即在如顧君之所致力者。知詞中格律等之不可廢不必改。故一切遵依之。而苦心精思。語必己出。戛戛獨造。先經過摹倣之階級。深通格律。終乃底於創造。以發現真正之自我。材料新奇而藝術工美。誠可貴矣。

【二】新派之失。在不肯摹倣便思創造。故唾棄舊格律。舊派之失。在僅能摹倣不能創造。故缺乏新材料。欲救其弊而歸於正途。只有鎔鑄新材料以入舊格律之一法。此說在中國近世倡自黃公度。（見所作人境廬詩草自序此序於光緒十五年作於倫敦使署）其實此乃古今中外文學創作之萬有公例唯一方法。凡真正之批評家莫不知之。凡偉大之創作家莫不行之。以詞而論。中國近世名家輩出。如王鵬運鄭文焯文廷式況周頤朱祖謀諸氏。所作均能突過前人。卓然有成。其詞中所表示者。亦身世之觀感。不可謂非新材料。但非民國十七八年時之情景事物。又僅能代表遺老而不能代表此外各種人之思想感情經驗。即碩果僅存之朱古微氏。吾人讀其詞既多。亦覺有意已盡而詞常重複之感。故不得不望之於後起之少年詞人。如顧君者。其於詞之體制格律。既已研究精熟。運用靈活。又含夢窗清真而學蘇辛。取體適宜於清新勁健之作。亦屬卓見。而同時則處處入以新材料。其所

捫吾舌。沙場炮火、深溝彈雨、愁也怎生愁得。試翹首戰雲滾滾、江南直到江北。——萬丈銀河、可能倒挽、靜洗平原血。——渾無寐、披衣坐起、聲聲畫角。

又如味辛詞十三頁下慶清朝慢云

夢又還醒、醒又還夢、如環往復無端。那堪入夢、比着醒來尤難。待到夢時、又怕者番未必勝於前番。無人會。有人會了、有甚相干。試聽街頭乞丐。正饑寒夜永、冷怨宵寒。號呼慘苦、搭偏無個人憐。不是世情落寞、乞人憐處轉人嫌。君休矣。不如歸去、一枕高眠。

又如味辛詞十五頁上木蘭花慢云

又沈沈醉也。卻獨下酒家樓。忽捲陣風來、攪沙撲面、冷徹棉裘。街頭路燈微小。正齊輸數點乍成毬。漸見[illegible]暗影。似聞鬼語啾啾。心憂。欲去又遲留。寒夜冷于秋。恨如許悲涼、全非人世、直是荒丘。悠悠上天下地。有不知我者問何求。我問紅橋春水、誰收無語東流。

其妙處在深刻真摯。決非彼空言叫囂自附愛民救世之偽人道主義者所能道出。確是我輩智識階級、生活及感想皆較彼軍人乞丐貧民為優勝為豐裕為精細者之實在心理。其哀矜之情。出乎真誠。不求人知。不敢自喜。雖乏實行救濟之力。而對於社會之道德責任心固極強也。因憶君師先生（晦聞）民國十五年「十一月初二雪夜歸作寄俞伯敭」、念及是晨「過法部前街、路旁一婦兩雛、哭聲甚哀、未及下車給與銀錢、歸後思之、歉然於懷」詩云。

歸歸今日得平安。便卸狐裘近火盤。一雪趨行啼獨急。九街嚴還夜途寒。鏝前未至傷飢凍。道側誰聞有哭歎。將意入詩庸足補。痛哭全國付蕭殘。

附錄吾友某君民國十六年七月十六日「過打磨廠、見人力車夫倒斃於途、多人圍觀」詩云。

候然道左一屍橫。愚熟猶身尚念征。羨滅無常傷造化。勤學終慚歎民生。能甘事齊完天職。未能猖狂竊食名。貴賤賢愚同露析。闊浮界外倘清平。

顧君詞之佳處。即在其意思重叠。一句一轉。意入愈深。以其感情皆自然流露。故詞句能戛戛獨造。不蹈因襲。此乃忠於自己、忠於藝術者之所為也。

無病詞二十二頁上青[illegible]

悶無人理。愁無[illegible]

同頁下臨江仙云

腦海時時翻滾。心[illegible]已老。不老便何[illegible]

無病詞二十三頁上絳[illegible]

萬斛閒愁。撥起掉[illegible]首。

同頁下木蘭花慢[illegible]

[illegible]

有淚且深藏。

味辛詞十一頁上蝶戀花[illegible]

半卷新詞重點檢。[illegible]聲聲打得心頭顫[illegible]

味辛詞十七頁下鷓鴣天[illegible]

新苦惱。傷心情。[illegible]被人呼面壁僧。

孤寂勞忙。情景如繪。又[illegible]

羣頭蓬腦。忘卻天[illegible]惱。　閒言閒事閒[illegible]這般就是人生。

眠遲起早。都把愁[illegible]惱。　我今不恨人[illegible]不欺我過清明。

鷄鳴鶴唳。妙饒[illegible]惱。天公真沒天[illegible]我能享樂窮忙，

天公弄巧。捉弄閒[illegible]惱。　任他春夜凄[illegible]仰天大笑三聲。

吴宓评《无病词》《味辛词》

大公報文學副刊
第七十三期
La Revue Littéraire de L'IMPARTIAL
N° 73
3 Juin 1929

本副刊以介紹批評爲職志敬望國內外各書局各出版社各報館各個人以新出版之書籍雜誌多多寄贈
本副刊歡迎投稿采登者酌奉酬金短篇稿恕不寄還
本副刊歡迎出版界及著作家登載廣告

評顧隨無病詞味辛詞

（餘生）

顧隨君「味辛詞」一卷。本副刊第四十七期鐵君已爲文評之。並錄其中最佳之作八聲甘州「哀濟南」二闋。按顧君所爲詞。尚有「無病詞」一卷（分上中下）刊於民國十七年夏。味辛詞一卷（分上下）則刊於民國十六年夏。各印五百冊。非賣品。欲得之者祇有函請顧君惠賜。聞其第三集現正編輯整理。不日即付刊。是顧君每年可出詞集一卷。愛讀者正可拭目以俟之也。顧君詞之佳處。鐵君評味辛詞文中已言之明確。茲更就文學創造之原理及吾所觀爲在今日中國創作詩詞惟一之正途，以論顧君之詞。簡括言之。

文學創作之事綦難。而詩詞爲尤甚。大率格律謹嚴者，每傷情薄而事空。精眞而事實者、又往往於格律缺乏研究與訓練。若夫斟酌於二者之間。得中道之至美。以新材料入舊格律。合浪漫之感情與古典之藝術。此乃惟一之正途。而亦至難極罕之事。顧君遵此途以行而所作大有成功。吾人雖不欲贊許稱道之。不可得也。

吾於六七年前撰「論今日文學創造之正法」一文。於在今中國欲創作新舊各體文學其道何由、頗有所指陳。自謂所言大體不誤。該篇之意。今不復述。惟就顧君之詞爲例。評論闡發之如下。

……表示者乃今年此日顧君自己之思想感情經驗。亦今年此日凡與顧君地位智識相同之人之思想感情經驗。合此二美。故讀顧君之詞。祇覺其眞摯深切、渾脫流利。語語若自我心中爬剔而出者也。

【三】以新材料入舊格律。則格律不得不有相當之變化。但其變化要必出於自然而非由外鑠。舊派詞家或嫌顧君之句調神理過於自由。（句法有時似曲）然感覺現代之種種事象及心情之人。則謂顧君所變化之程度實未爲太過。總之。此事之分寸之難決定。必須合乎中道。而所謂中道者又非一成不變。須臨事審慎斟爲裁量。視結果以爲斷。大率一篇之中。所鎔入之新奇之材料愈多。則其格律愈可變化自由。反是則格律愈當精嚴整飭。必使讀者但覺其渾然一體、美妙無窮。不見有斧鑿膠粘之跡、矜心作意之態。而後此篇格律材料二者之分配取擇方爲適宜也。凡眞正之藝術家。皆明白認識自己所據以創作之原理。但決非爲證明或宣揚此原理之故從事而創作。故即鎔鑄新材料入舊格律之說。雖係確切不易。若入於俗子庸夫之手。以此爲號召宣傳、炫式矜誇。則亦徒滋流弊。觀於顧君之作。亦當知所取法矣。

【五】顧君詞中所鎔鑄之新材料。析而言之。約有數種。（一）曰**愛國傷時之心**。集中最佳之八聲甘州哀濟南二首、屬於此類。又於無病詞第四頁下賀新涼（青島櫻花）亦同。其下半闋云。

花如解恨花應語。是伊誰東瀛取種。移栽中土。故國華魂飛不到。一片異鄉情緒。便待得嬉春游侶。十里紅霞迷曉眼。更香車寶馬櫻花路。誰會得。此心苦。

顧君詞中所鎔入之新材……任天津（河北天緯路）……夫每星期授課二十小時……中風潮迭起。平日應付……取鬧有意爲難之學生……痛。諒顧君亦難倖免……忙困迫。不獲喘息。即……暇深思冥想。成爲醇美……之效率。以一定之方式……而學生初未受益。若在……切生活位置之不安定……育爲智識階級最大之……。舍充任教員殆無他……其所受之痛苦。更比……者爲深且鉅。痛苦如此……講道德者。每責人以爲……示。此言吾殊不贊成。……遊之生活。今日我儕……非吾父吾師等所可知……以精鍊之藝術出之。……詞創作之惟一要事。……妄空虛、毫無學識修養……而應爲（2）深思明辨……大學問絕大智慧絕大……有第（1）種自我。而……詞亦難爲鼎偉之傑作……當表現自我。出以眞……作者。應先勉爲偉大之……產名譽。乃以知識……非人爵之所貴也。天……即亡。天爵中有合理之……。古今東西偉大之文學……惟然。故若輩之痛苦……常人爲急。但其在……平常之作者異。所異者……

名“餘生”）整版篇幅的评论文章。此时，“苦水词人”之名已是“无人不知，无人不晓”（周汝昌《怀念先师顾随先生——在顾随先生纪念会上的报告》），尹默先生也有了“拟邀”羡季“入平做事”的计划。至于父亲自己，他本未存进大学的奢想，更不曾向老师提出过什么要求。而老师之举荐，对于父亲的人生道路却是一个极为重要的关枢，使他在“苦水词人”的名号之外，又走上了教授、学者之路，且有了直接师从沈尹默、沈兼士、周作人等老师的机会。

（二）在燕园讲堂上

1929年秋季开学，父亲开始了燕京大学国文系的教学，担任的课程有“诗选”“词选”“曲选”“文学名篇选读及习作”四门，每周讲课十节。初登大学讲堂，父亲的确是在用“心”讲授。1929年10月2日，他第一次在燕大的讲坛上讲古典诗词。诗词本是父亲的“拿手戏”，课前较有信心，在课堂上他“留神察看听讲诸人神色，除一二精神颓靡者外，多数尚能团结。且有半数聚精会神地作笔记”，他对自己的评价是，“初上课有此成绩，殊属不恶”。而第二天要讲《离骚》，他自感“实在无拿手”，备课到深夜，既有心得，又引发反思：

……发现许多新义。不禁自叹往日读书，走马看花，囫囵吞枣，勿怪其学问不长进也。倘能永远如此作下去，一方面为人，即一方面是为己。

他说到做到，果然“永远如此作下去”，课堂讲授不久即渐入佳境：10月31日讲《离骚》，本“自觉尤甚把握，不意徐徐引起，如蚕吐丝，绵绵不尽，学生亦觉娓娓动听。真出人意料之外”。欣悦之意，流于言表。几周课下来，系主任马季明即以年轻教师顾羡季为自己“口袋”里的“预备兵”，若再有人“大闹其脾气”，撂挑子，就派顾羡季把那门课拿下来。小小一个细节、一个戏称，足见尹默先生是一位名副其实的“伯乐”。

不过，父亲讲课也并非没有“败走麦城”之时：一日下午讲诗词，“上班后，愈讲愈词穷，听讲学生有入睡者七八人，真从来未有之现象”，他认真地检讨自己是“行事全无真拿手”，绝不可再“一任冲动”，只有认真地充实自己。此时，北京大学为他铺就的英文功底给了他很大支撑。他在中国传统文学理论的基础上，努力汲取、借鉴西方的文学理论来讲授中国古典诗词，特别是小泉八云氏讲英国诗的三大本英文讲义。小泉八云“注意字句的分析、欣赏和写作技巧”，“是一个精工巧丽”的文艺论者，他给了新登台的教师顾羡季极大的助力。父亲的讲授渐渐得到听讲者的广泛欢迎。他很快成为一位“燕园名师”，滕茂椿、周汝昌、黄宗江、戚国淦、杨敏如等多位先生，都是他在燕大的学生。外系学生也慕名争相前来选修他的课，还有人凡遇到顾随先生讲课就搬着小凳来旁听。当时英文系主任、英人谢迪克也经常来听课。1986年，父亲的第一种遗集《顾随文集》在上海古籍出版社出版，弟子黄宗江在新华书店没有买到，不想1987年赴美讲学，在康奈尔大学谢迪克先生的家里见到了。这位英国老教授还记得四十多年前在燕京大学课堂上讲中国诗词的那位年轻教师。

周汝昌先生回忆说："教学……实质是一门艺术"，"你不会忘记他那是怎样一种讲授"，"传道授业，异于常师"，"能使聆者凝神动容，屏息忘世，随先生之声容笑貌而忽悲忽喜，忽思忽悟，难以言语状其出神入化之高致"。（《顾随先生诞辰百年感言》）黄宗江先生说："顾随先生讲曲，讲到好处，常'跑野马'，转论'杨、余、梅……'"，老师的讲课是"读破万卷，再抛却万卷，与天、地、人物俱化，自能达到一种至高境界"。（《"顾学"琐忆》）以上字字珠玑，均是知师之言。

（三）课余纪趣

父亲是一个热爱生活的人，燕园繁重的课业之余，他的生活也饶有意趣，今且略具两端。

1929年11月13日，"下午课罢归来，见有挑担卖花者。以洋四毛购花与草各一盆，价稍昂"，因"开口即将价还'老'了，不好意思说不买"，以至多花两角钱；随后"购'华盛顿'香烟，开筒之后，得上海中国银行毛票一张，计两角。烟价三毛五，今以毛票抵之，得一毛五耳。买花多费两毛，吸烟即多得两毛。得失恰复相抵，命运之神安排得何其巧欤”？

1929年12月3日中午，马季明主任邀羡季陪老师周作人去家中便餐，以慰周启老丧女之痛。“进门方坐定，疑古玄同先生即闯然而入”，系主任略做介绍之后，“疑古先生即打开话闸子。蓝青官话说得又急又快……吃饭，饭后漱口，吃茶，这之间，此老并不曾住口……健谈如马、周，亦难得搀言之机会”。离开系主任家，“路上玄同的话亦未曾间断。且与季明科诨打趣。……玄同健谈如此，乃闻其上课必迟至廿分钟始到堂，真不可解”。

两段故事，见出诗人顾随乐于捕捉生活中幽默因素的天性。

（四）有了“以爱为基础”的家

初进燕园，父亲白天讲课、备课、评改习作，至晚间，则广泛阅读中英文书籍，且填词作文亦不曾中辍。一日三餐全在校内食堂包饭，偶尔“改善生活”，也只是晚饭时到成府村的小饭铺要上一盘饺子，配一杯白酒。

心力的过度消耗，这一年（1929年）的12月21日晚，他出现了咯血的症候。那时，吐血之症是读书人的常见病，也几乎是不治之症。刚过而立，新的事业刚刚开始，他自不免惶恐：

连日来精神甚困顿。……又只是抓书看，……以读书又费脑子，因整理案上迩来随手抛置之书籍。碌碌一时许，亦无甚不舒。乃坐下吸一支烟之后，竟吐了一口血。……血色殷红，连吐数口，皆然。甚为惊讶。

囿于当时的医疗条件与疗治观念，父亲似是并未就诊医治，也未敢贸然禀告老父。燕大寒假很短，父亲于病中独自在寓所度过假期，幸有好友郑骞、冯至除夕、元日前来相伴，破除了独自病中度岁的孤寂。而平时则课业如常、读书如常、写作如常，有时更因读英文原版书而更加“伤”心：

昨夜又读小泉八云英文诗讲义两小时，读时虽兴奋，而读罢则甚觉疲惫……盖西洋人之作品，尽多镂心刻骨之语……以故读后，每感到心“伤”也。

1930年暑期返乡探亲，我的祖父金墀公方得知爱子的身体状况，他老人家冲破大家族的阻力，力主让儿媳带了孙女离开老家，陪护爱子到北平一起生活。

1931年初，父亲从老家迎来了妻女，先是暂住于成府村，不久卜宅北平城内东四四条一号的寓所，从此他结束了十五六年漂泊在外的游子生活，有了属于自己理想的以“异性的爱”和“亲子的爱”为基础的小家。说来也甚神奇，自从有了自己的家，咯血之症竟不治而愈，且终生未见复发。

我的母亲姓徐，名荫庭，父亲在词作及信函中称她为“荫庭”“荫亭”“荫君”，或单书一个“荫”字。她是父亲的“第二个伊”[3]，山东临清城里徐家的大小姐，端庄娟秀的旧式女子，略识文字，明事达理。早在20世纪20年代中期，父亲在青岛执教时，谱有寄内词数首，突破了旧日“寄内”（包括悼亡）之作中丈夫离不开妻子生活照拂的狭窄境界，在“仆仆风尘”“遍体鳞伤，直把心伤透”之际，他向妻子求“助”的是心灵的慰藉：

归去劳君为补救。一一伤痕，整理安排就。更要闲时舒玉手。熨平三缕眉心皱。（《蝶恋花》[仆仆风尘]）

青岛樱花盛放之时，他虚拟了一幅温馨美妙的境界：

底事年年轻别，只异乡情调，逐事堪哀。看两行樱树，指日便花开。好遗君二三花朵，佐晨妆、簪上碧鸾钗。算同我、赋诗携手，共度春来。（《八声甘州》[嫩朝阳一抹上窗纱]）

[3] “第二个伊”即续妻。父亲的第一位妻子纪氏，1919年病故，育有二女，名之秀、之英。

将“年年轻别”之悲，蕴于浪漫甜美的遐想中。两首词深涵的均是平等的、知己般的夫妻之情，对于旧时的寄内之作而言，确是思想情意的一种升华。

1942年，一向健康的母亲突发重症，西医检查，中医看脉，延医求药，但重重家务不得歇肩。父亲为赋《剧怜为荫君作》五律一首，诗中“药将愁共煮，贫与病相兼”“犹念理针线，所忧惟米盐”四个深情的纪实之句外，尾联出句之“剧怜娇小女”五字，流溢出无尽的怜爱之意。

1947年2月，父亲的弟子们以现今所谓“AA制”的方式为老师五旬晋一的生日举行贺寿餐会（这是父亲一生中唯一一次祝寿活动）。学生们准备在会场迎面的墙壁上用墨绿松枝编扎一个大“寿”字，父亲说：“今年我们老夫妇二人的年龄加起来整是一百，还是用‘百寿’二字好。”去陈腐、出新意，更见父亲对母亲的尊重与厚爱。

在到平后的三十年里，母亲日日照料着我父亲的生活，全部家事没让父亲操过一点心；抗战后期和1950年后父亲三年大病之时，她变卖娘家陪送的首饰，渡过生活的难关。这个家，是父亲生活的依托、事业的支撑，也使他有了培养下一代成才的条件。父亲非常感激我母亲为他所做的这一切。晚年，他多次对我们姊妹说：“我这一辈子做成的事，有一半是你娘给的，要是没有她，不用说做什么，恐怕人早就不行了！”他还曾带着惋惜的口气对我们说：“像你娘这么聪明的人，要是去念书，一准比我念得好！”父亲晚年到

1956年冬与夫人书房读书

了天津，家里剩了老两口，父亲在课业与著述较为轻闲的空隙，陪我母亲游公园、吃西餐、听戏；为了破除老妻离开女儿的寂寞，有一段时间，每天晚饭后给老妻读两段苏联小说，以致我母亲这个一辈子没读过一本书的人，对小说竟也产生了兴趣，一本小说读完以后，没有“故事”可听，我母亲就“有些不自在”起来。

他们两人之间也并非没有吵闹拌嘴的时候。无论年轻还是年老，在生活重压之下，他们都曾向对方发过脾气。三姐之惠告诉我，刚到北京不久的时候，父亲因咯血而戒酒，下午授课返寓，晚饭无酒佐餐，未免心生烦躁，有时就会发脾气、摔筷子，母亲理解他，既不返唇，也不劝解，只是注意为父亲更仔细地调治好饭菜。1948年冬，迁居后整理家具，父亲又发脾气了（他从未当着家人的面发作），他在日记中检讨自己：“内子与小女辈下手整理安排，自家无所事事而时发脾气。下午竟以安置沙发事与内子大吵。事后自亦知甚无谓，而当时不能自主……”；母亲也偶或大发脾气，以致父亲觉得是“比来内子性情渐近暴戾”，但他理解老妻：“知其久处困境，工作劳碌，有以致然，惟自家何尝不尔也？”父亲将妻子承担的家务称作“工作”，足见尊重之意。

这一切，在一对旧式夫妻之间，是多么难能可贵！

父亲与母亲在文化层次上毕竟存在着巨大的差异，父亲说希望妻子能“分担”自己“在业务上成功的一点欢喜”，“然而这也办不到”，流露出一丝遗憾。但这丝毫无碍于他对老妻的尊重以及夫妻情分的诚笃，父亲在去世前一年致书弟子周汝昌：“明年夏是述堂与山妻结褵四十年纪念，又，不佞教龄亦整整四十年。马齿加长，事业无成，惟愚夫妇白首齐眉，可自慰且慰诸友好耳。”

（五）萝月斋及夜漫漫斋

到燕园后的第二年，父亲的第三种词集、浪漫情怀与现实人生交织的《荒原词》问世；与好友卢季韶合译之三万言的小泉八云著作《英文诗中之恋爱观》亦于天津女师学院学报《朝华》刊布。他留下来的几篇散文手稿《汽车上，火车上，洋车上，与驴子背上》

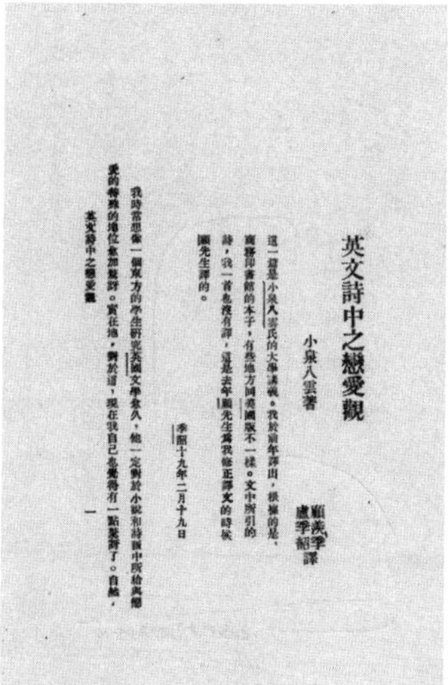

英文詩中之戀愛觀

小泉八雲著　顧羨季 盧季韶 譯

這一篇是小泉八雲氏的大學講義。我於前年譯出，根據的是，商務印書館的本子，有些地方與英國版不一樣。文中所引的詩，我一首也沒有譯，這是去年顧先生為我修正譯文的時候顧先生譯的。

季韶十九年二月十九日

我時常想像一個東方的學生研究英國文學多久，他一定對於小說和詩歌中所給與戀愛的特殊的地位多加驚訝。實在地，對於這，現在我自己也覺得有一點驚訝了。自然，

英文詩中之戀愛觀　一

《朝华》所刊《英文诗中之恋爱观》

女师学报《朝华》封面

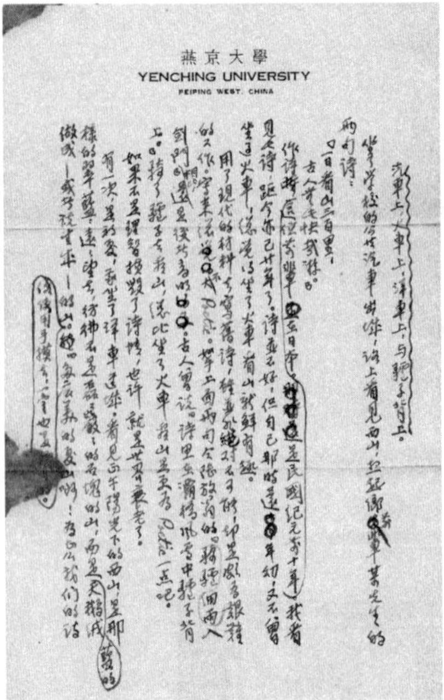

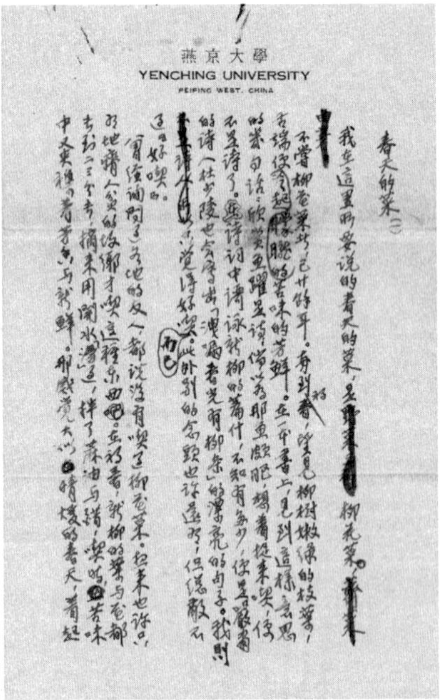

写在燕京大学信笺上的散文手稿

《春天的菜》《偶感致季韶》等，少了旧日的浪漫遐想，更为亲近地紧贴着自己的日常生活。

卜居东四四条一号院后，父亲有了为自己安排一间供研读写作之书斋的可能。北房西侧一间窗前有一架藤萝，这里成为他一生中的第一间书斋，取名“萝月斋”。萝月斋之前，他的手中之笔，主要游弋于创作一途，在萝月斋，他开始写作学术文章——短篇的曲论、文论，今得见者仅有《萝月斋论文杂著》。

不久，他将书斋移至院内更为安静宽阔的南房，这就是他的“夜漫漫斋”了。在夜漫漫斋里，他先是完成了供讲课用的“元明散曲选”“元明清戏曲史”等讲义；《夜漫漫斋读曲记》等一系列十余篇论元曲的文章，发表于《益世报·读书周刊》等刊物。以“夜漫漫斋”冠名的著作尚有《夜漫漫斋读玉谿生诗》一稿，惜今只存女棣刘在昭手抄之残页。

在夜漫漫斋的几年里，不知有多少漫漫长夜，父亲大量搜寻、整理、研读元明杂剧的各种版本，进行着元明杂剧的辑佚与校勘，为后来的《元明残剧八种》一著，铺设了坚实的基础，构建了完整的体制，备好了充足的材料。1937年初，在燕大任教的陆侃如、冯沅君合著之《南戏拾遗》出版，引起了国内外元曲研究者的广泛关注与讨论，燕京大学《文学年报》从国内外来函讨论之文章中，选刊了有代表性的四篇，作者依次为青木正儿、顾随、魏建功、赵景深，顾随的名字此时在曲学研究领域已同青木正儿等专家同列。

1936年与妻女摄于东四四条寓所夜漫漫斋前

萝月斋与夜漫漫斋不过是两间极普通的老式平房，却是父亲学者生涯的起步之地。

由于对元曲的研究，父亲的创作兴趣也由作诗填词转向了治曲，1933年10月在致老师周作人的信中说到，“刻下正致力于富有蒜酪风味之元曲”，“下决心作五年计划，诗词散文暂行搁置，专攻南北曲，由小令而散套而杂剧而传奇”。至1936年，整整一个寒假，在夜漫漫斋，父亲一口气谱成了《再出家》《祝英台》《马郎妇》《飞将军》四出杂剧。《再出家》据宋人笔记小说《夷坚志》中的“野和尚”条加以衍义，虽是一个僧人的故事，却充溢着人性人情，更生活化地阐释着佛家“透网金鳞”的禅理。《祝英台》取材于梁祝故事，而将原悲剧的结尾予以升华，谱成一曲对精诚心志的颂歌。《马郎妇》来源于明代梅禹金《青泥莲花记》中锁骨菩萨的故事，情节虽似略近乎荒诞，但它是“带有一种象征之意味的创作”，“正是……‘割肉喂虎，刳肠饲鹰’之精神的故事化的表现”（叶嘉莹语），歌唱着“我不入地狱谁入地狱”的救世精神。《飞将军》则是截取了《史记·李将军列传》的情节，传达着不合理制度下英雄难有用武之地的悲叹。杂剧谱成之后，立即印行为《苦水作剧》。恩师沈尹默特为弟子的剧集题签，签上特意写明“尹默为羡季题”六个字，且更一题四帧，供弟子选用；剧集扉页，有另一位恩师沈兼士篆书题签，可见老师们对弟子此著是如何地看重。杂剧集的出版，奠定了顾随在中国剧曲创作史上的地位，也使他成为中国文学史上最后一位杂剧创作名家。

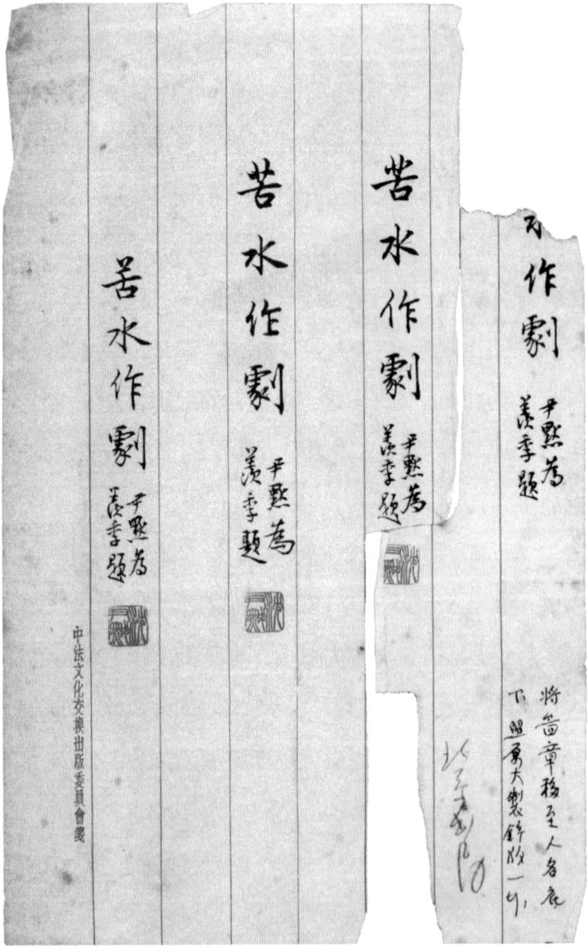
苦水作劇
尹默為羨季題
苦水作劇
尹默為羨季題
苦水作劇
尹默為羨季題
作劇
尹默為羨季題
中法文化交換出版委員會箋

沈尹默题签

在夜漫漫斋，父亲诗词创作的成果亦极为丰硕。他将1920—1933年间的诗作精选出八十六首，编订为《苦水诗存》。这是父亲生前编订印行的唯一一种诗集。这些诗作，可说是父亲前期诗歌的代表。不少诗作记述着诗人当年的生平行迹，更有许多诗作充满了忧国忧民、感时伤事的情怀。同时，他又把1930—1934年间的词作四十六首编订为自己的第四种词集《留春词》，与“诗存”一起印为合集。诗词集均由老师周作人题签。此后一段时间，他的词由创作转向和作，1936年1月编订了第五种词集——专和晚唐五代词人的《积木词》一百六十四首（未印行，今仅存弟子叶嘉莹抄录的四十四首及自序一篇）。父亲和晚唐五代词人之作，是为了提高自己的创作修养，拓新自己的词境，他之承袭前人，是为了创新。

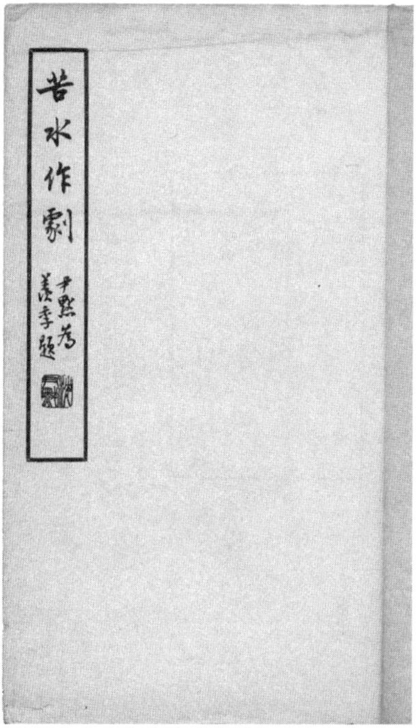

《苦水作剧》封面

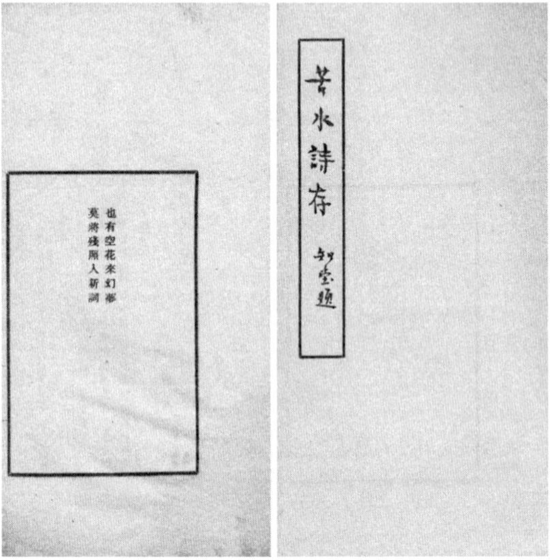

《苦水诗存》题签及题词

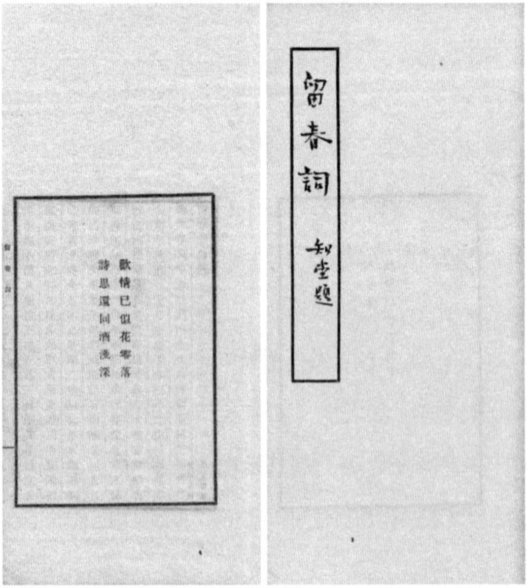

《留春词》题签及题词

我家在东四四条这个院落从1931年一直住到1937年7月初，这六七年的时间恐怕是父亲前半生生活最为安定的一个时期。燕大的薪水可能不太少，加之先后在北平大学、中法大学、北京大学等校兼课，父亲虽然买不起房产，但已能从老家把我的一个叔父、三个堂叔父接到北平，供他们读高中，尽一个长兄的责任。

（六）兼任中法大学、北京大学教职

随着在燕园的授课，蜚声文坛的“苦水词人”成为“燕园名师”，这时，私立中法大学以教授职衔聘请顾随到校授课。

父亲在中法大学是兼任教师，自1932年起任课，至七七事变后中法封校南迁；自1946年中法北返复课，至1949年父亲身患重病，前后两期授课共十年之久。十年间他所担任的课程有“楚辞”“历代诗”“词选”“曲选”等。此外，1936、1937年学校的学术刊物《中法大学月刊》上，父亲有元曲论文《元代四折以上之杂剧》、小说论文《鲁迅小说之诗的描写》等刊于其上。

在中法大学兼课第二时段的1948年，一天下午，父亲讲“汉诗”，自觉所讲“颇堪自信”，因深以“不能自写语录”为憾。其实，父亲不必遗憾，那时他的弟子叶嘉莹和刘在昭跟从他在辅仁大学等校听课已长达六年，笔记完整，完满地“录”下了他在课堂上的学识知见、风神情采，至今保存完好，已整理编订为多种“讲坛实录”出版。

1932年为中法大学所摄

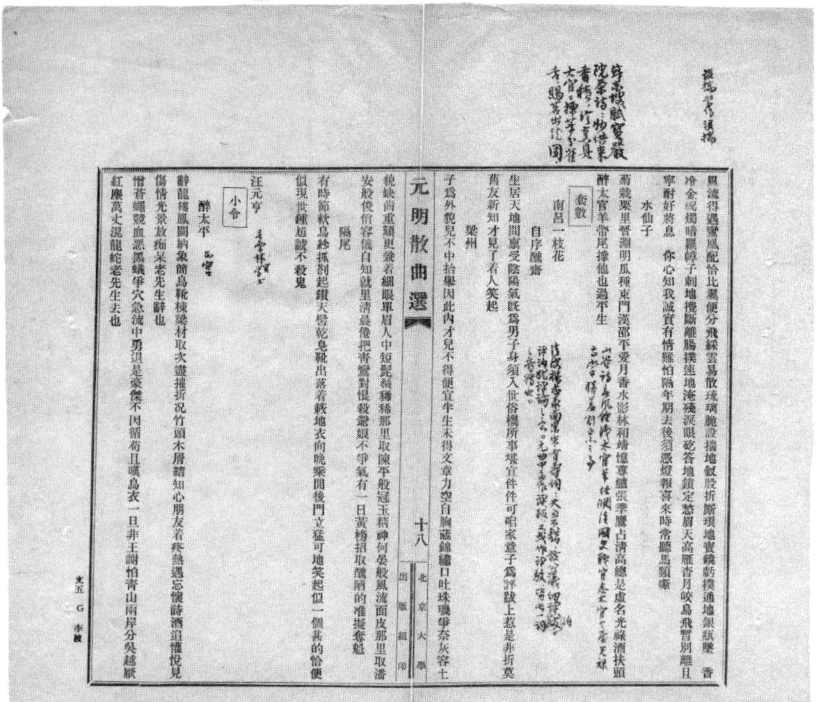
風流得遇鸞鳳配恰比翼便分飛綵雲易散玻璃脆設揣地釵股折廝琅地寶鏡虧撲通地銀瓶墜　香
冷金猊燭暗羅幃子剌地攪斷離腸撲速地淹殘淚眼吃答地鎖定愁眉天高雁杳月皎烏飛暫別離且
寧耐好將息　你心知我誠實有情雖怕隔年期去後須憑燈報喜來時常聽馬頻嘶

水仙子

薊栽栗里晉淵明瓜種東門漢邵平愛月香水影林和靖懷蓴鱸張季鷹占清高總是虛名光祿酒扶頭
醉太官羊帶尾撐他也過平生

套數

南呂一枝花

自序醜齋

生居天地間稟受陰陽氣既爲男子身須入世俗機所事堪宜件件可咱家意子爲評跋上惹是非折莫
舊友新知才見了着人笑起

梁州

子爲外貌兒不中抬舉因此內才兒不得便宜半生未得文章力空自胸藏錦繡口吐珠璣爭奈灰容土
貌缺齒重頦更兼着細眼單眉人中短髭鬚稀稀那里取陳平般冠玉精神何晏般風流面皮那里取潘
安般俊俏容儀自知就里清晨倦把青鸞對恨殺爺娘不爭氣有一日黃榜招取醜陋的准擬奪魁

隔尾

有時節軟烏紗抓劄起鑽天髻乾皂靴出落着簌地衣向晚乘閒後門立猛可地笑起似一個甚的恰便
似現世鍾馗謊不殺鬼

汪元亨

小令

醉太平

辭龍樓鳳闕納象簡烏靴棟梁材取次盡摧折況竹頭木屑結知心朋友着疼熱遇忘懷詩酒追懽悅見
傷情光景放痴呆老先生辭也
憎蒼蠅競血惡黑蟻爭穴急流中勇退是豪傑不因循苟且嘆烏衣一旦非王謝怕青山兩岸分吳越厭
紅塵萬丈混龍蛇老先生去也

元明散曲選　十八

北京大學出版組印

文五 G 李被

“元明散曲选”讲义

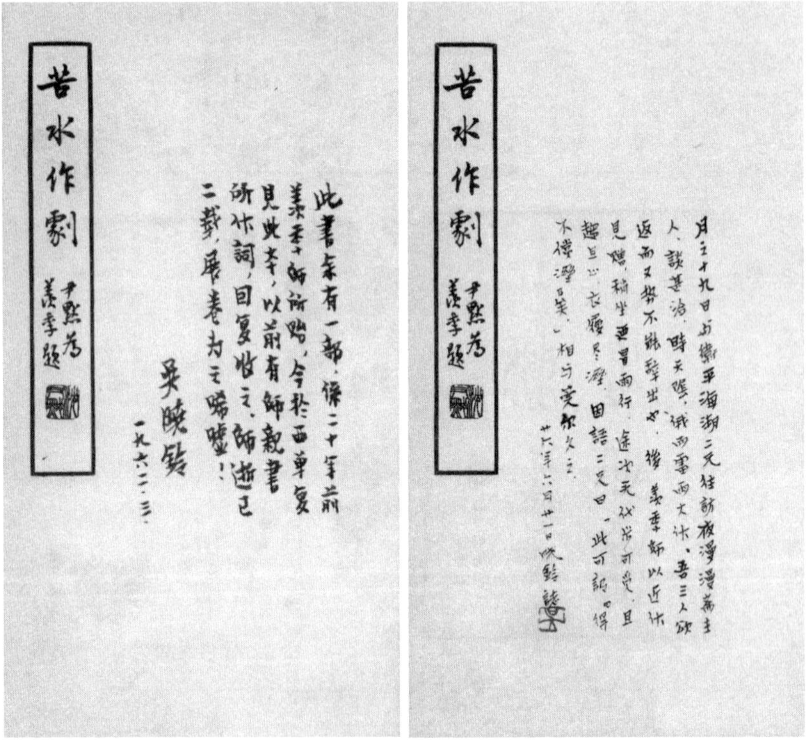
苦水作劇
尹默為羨季題
此書余有一部，係二十年前
羨季師所贈，今於西單復
見此本，以前有師親書
所作詞，因復收之。師逝已
二載，展卷為之唏嘘！！
吴曉鈴
一九六二、三、
苦水作劇
尹默為羨季題

吴晓铃题识二帧

父亲自1934年开始接受北京大学的聘任，在那里讲授“词选”“曲选”，现今尚存有当年北京大学铅印的“元明散曲选”讲义一册，上面写有他为讲课用的批注和提示。

戏曲理论家吴晓铃是他在北大任教时的弟子，师生间的交往不出对元曲的欣赏与研讨。1935—1937年间，父亲那一系列元曲论文刊布之后，吴晓铃读过即精心剪下粘贴成册而保存。1937年6月19日，吴晓铃往访顾师于东四四条寓所，恰值《苦水作剧》出版，弟子获老师亲手赠予的剧集，视为珍宝，于扉页题记获赠之事。1949年秋父亲大病不能登堂，此时吴晓铃先生已是戏曲小说研究专家，辅仁大学的元曲课即由他代为讲授。代老师上课，他却绝不肯收这一份“钟点费”。1962年，吴晓铃先生于北京西单旧书肆购得一册封面有老师题《浣溪沙》（满酌蒲桃泛夜光）之《苦水作剧》，返寓后即于封二作题记：

此书余有一部，系二十年前羡季师所贻，今于西单复见此本，以前有师亲书所作词，因复收之。师逝已二载，展卷为之唏嘘！

吴晓铃

一九六二.三.

五十六字短短“题记”，正是对老师最深情的忆念。

1980年岁尾，我第一次应约执笔为父亲撰写万字传记，曾专程登门向吴晓铃先生求教。晓铃先生十分了解自己的老师，他条分缕析地为我讲述老师元曲研究的特点，同时扩及于老师治学的独到之处——对古今中外文学及理论有精深研究；创作与研究紧密结合；考据为研究服务；对古今中外文学作品做比较研究；强调对文学作品的艺术剖析。晓铃先生当时一口气讲下来，如数家珍，一番话对我来说真如醍醐灌顶。此后父亲的传记由万字而至三万字、九万字、二十万字，关于父亲的治学，我始终依循着晓铃先生的指点。

1937年七七事变后，父亲坚拒受日伪津贴办学的伪北大的聘任，不再担任北京大学的课程。1939年，老师周作人任伪北大文学院院长。周作人是父亲亲近的老师，弟子知老师有喜吃猪头肉一好，三十年代中期曾“以小诗二首代柬”请老师来寓品尝妻子烹制的山东风味的猪头肉和大馒头。周作人“依韵和作打油”：“早起喝茶看报了，出门赶去吃猪头。”吃过之后，他以为这“甘美无可比喻”，是吃过的“一回最好的猪头肉”。[4]席间之闲谈，还引发了弟子《山东省民间流行的〈水浒传〉》一文的创作，刊于周作人创办的《歌谣》（1936年12月）。而此际，父亲与老师虽继续保持着个人间的交往，但“大节”绝无模棱，绝不肯接受到伪北大教书的邀聘。他向三女之惠说过：“爸爸这一脚要是趟进浑水里，就一辈

[4]事及引文见周作人《猪头肉——饭后随笔》，署名十山，刊于1951年2月11日之《上海亦报》。

子也洗不清了。”后文将述及之《馋秀才》一剧，正是此一心志的曲笔表述。

父亲在北京大学任课前后不过三四年，但与在“燕园”一样，他同样是那里的“名师”，这有后人的文章为证——1935年入学的著名哲学家柳存仁，1940年撰写《记北京大学的教授》一文，在例数中国文学系的教授时，将“顾随先生的戏曲”与几位任课的著名教授沈兼士、罗常培、魏建功、余嘉锡、胡适、赵万里、孙楷第等的课程并列，随即发出了掷地有声的几句评赞：

（他们的课）如果不能够被认为是代表中国全国的最高的权威，那么，你应该可以告诉我谁是比他们更好的。

第四章 困居沦陷的北平

（一）焚书

1937年初夏，由于房东要卖房，我家迁居到东四隆福寺街附近牛排（pǎi）子胡同三号一座老北京的四合院。迁新居本是喜事儿，谁料迁居的第二天——1937年7月7日——发生了卢沟桥事变。从夜漫漫斋里搬来的书籍资料还没来得及整理上架，父亲就开始了逐册翻检。“九一八”之后，父亲购买了不少宣传抗战、记述抗日的书刊，此刻为了一家老小的安全，他不得不下狠心拣出来准备毁掉，忙了整整一天，连午后例行的小憩与茗饮也免掉了。入夜，我的三个姐姐在里院中心挖了一个大土坑，把父亲拣出的书刊一本本地投进土坑里烧掉，烧书的火焰直窜到一房多高，烧了好长时间。母亲领着五周岁的我的四姐之燕到大门外察看动静，胡同里极安静，四姐看到院子里烧书的耀眼火光直越过了高高的院墙。第二天一大早，里院中心出现了一座昨天还没有的圆形花池，泥土湿湿的，上面栽种着不少草花，似乎昨天晚上什么事儿都没有发生过。从此，父亲的生活不再有夜漫漫斋的宁静，父亲的书斋从此以旧时偶一用之的“习堇庵”为名。“习堇”二字表达着对祖国历史文化的虔敬与忠诚。

（二）“百感搅中肠”

七七事变，父亲无力带着一家大小八口奔赴大后方，困居沦陷的北平。“未成烽火连三月，已自鳞鸿断数州”“数间老屋西风里，不戴南冠亦楚囚”（《立秋口号》）、“孤城悬绝地，百感搅中肠。托铲悲工部，挥戈泣鲁阳”（《夜饮》），血泪交迸的诗章写出的正是他当时的景况与心境。在词中，父亲的吟咏情辞更见幽隐凄苦：“风雨正凄凄。何处胶胶午夜鸡。……从此长空晴日影，无期。天北天南滑滑泥。”（《南乡子》四首其三）“秋水半塘波滟滟，斜阳满地草芊芊。韶光虽好不堪看。”（《浣溪沙》三首其一）“多少伤心事。放眼愁无际。一度登高，一回念远，一番垂泪。算人民城郭已全非，只江山信美。”（《灼灼花》[日落苍茫里]）。

困居北平，父亲坚持只在当时还可称是一方“净土”的私立燕京大学和私立中法大学任课。授课之余，日日深隐于习堇庵，三四个月的时间，他先是在数年积学的基础上，辑佚校勘完成《元明残剧八种》，刊于《燕京学报》并印有单行本；又写作了别有寄托的和晚唐唯美派诗人韩偓的《和香奁集》四十三首。

和诗之作意与数年前和“花间”之《积木词》完全不同，

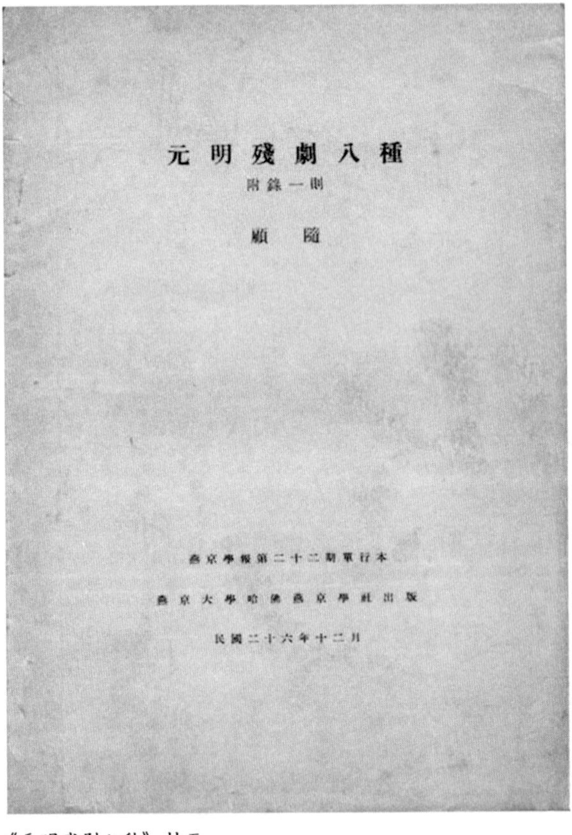

《元明残剧八种》封面

四十三首和诗虽全用韩偓诗题、原韵、直至题旨，但传达的却是与原作完全不同的思志与情意。“听雨成无寐，明灯忆旧欢”（《幽窗》）、“共保初心在，谁言旧约寒”（《懒起》）、“魂梦不辞远，天涯若比邻”（《无题》）、“熊熊心火忘身寒，西风一任欺衣单”（《寄远》）、“采得芳兰为谁佩，瑶台犹自折琼枝”（《多情》）……坚贞的情志，幽婉的诗句，寄寓着对故国的怀思，深隐着对光明前景的希冀，美人香草，和诗无一不是寄慨遥深之作。正因为如此，父亲在信中告诉季韶，“编辑元人佚剧”之外，“和韩致尧‘香奁集’诗，计前后得卅余首，此则真可告慰而又自喜者也”。

著作与诗集，正是以对祖国历史文化的研习、传承，寄托对祖国人民的一片赤诚，因此，父亲在信中向伯屏兄诉说：“若非在此时期中，恐不能有此成绩。”

在习堇庵，他还创作了不少忧时念乱、思国伤己的诗和词。至1941年，他将词作六十六首编订为第五种词集《霰集词》而印行。国难当头的年月，《霰集词》是父亲生前刊印的诗词集中唯一一种不是宣纸、乌丝阑、“格式太讲究”的线装本，而是可称简陋的铁丝装订、白报纸三十二开小薄本。

摄于牛排子胡同三号院

（三）三张照片背后的故事

父亲有午休的习惯，他一生教书，创作、著述主要在晚上，加之少年时即已养成的夜读习惯和将近中年就开始困扰他的失眠症，这一切都使他每天午饭后的小憩成为必需。在牛排子胡同寓所，一天午休刚刚起床，他被学美术的二女之英请到庭院中拍照。牛排子胡同寓所是四合院，由一道木制二门把南房隔在外院，南房正是父亲的书斋习堇庵，也是他午休的地方。拍照时，他随意地站在二门前，未着长衫，只穿家常中式裤褂。他的面部表情似带着一丝被动与无奈——这也许恰是他身陷沦陷区常态心境中消极一面的瞬间表露吧！在他身后，本是分别写有“天下太平”四个大字的四扇木门，当时北平已是沦于日寇铁蹄之下，绝无太平景象。照片上只照出了半个“平”字，虽是出于二姐拍摄时的无心，却恰恰是暗喻了当时北平的天下实无一点太平可言。

生活在沦陷的北平，幸得燕京、中法正常开课，父亲供养一家八口，尚得衣食无虑。1939年暑假，父母带着三个最小的女儿在习堇庵窗前合影。

照片上的三个女孩儿自左至右依次是：五姐、四姐和我。两个小姐姐头上是用红绒线扎起的歪辫儿，身上穿的是母亲和大姐为她们缝制的小连衣裙，我的发式与服装显然与她们不一样，剪了个“分头”，穿的是连背心的短裤。这个装束是因为我刚满

摄于牛排子胡同寓所南房习董庵窗前

三周岁呢，还是父母心照不宣地希望有个男孩子呢？这里我必须要说，父亲母亲没有一点重男轻女的意识，父亲常说，“男孩女孩是一样的”，“我没有儿子，我的女儿绝不会比别人的儿子差”，他在诗里也写有“弱女非男心自宽”之句——这些话潜移默化地在我们姐妹心里种下了自尊、自强、“要好儿”的种子。父亲并没有教我们要怎样，不要怎样，我们生活在他身边，自然而然地知道应该怎样做，不能怎样做。生活在他并非有意、而是自然形成的家庭生活环境、氛围中，我真实地感知了古语所谓“蓬生麻中，不扶而直”的真意。按照老家的规矩，我们这一辈女孩儿，排行在“绣”字，男孩儿排行才是“之”，父亲一反旧规，自从到北京后，女儿个个都排在“之”字上；而且，他和我母亲还坚决抵制了我的继祖母为他们“过继”一个儿子的做法。那是我上小学五年级的事儿，继祖母愣是把在济南上学的我的一个堂弟送到北平。父亲一时难违母命，决定代胞弟供养一个孩子在北平读书。父亲亲自送小我两岁的堂弟入辅仁附小插班，“考试”以后，只能入一年级，学了一学期，功课还是跟不上，无奈只好又把他送回济南。

记得小时候，父亲和我们一起夏夜乘凉，他问我们三个小女孩儿：“月、花、水、山，你们喜欢哪一种？”四姐和我都说喜欢水，五姐说喜欢山，父亲说：“喜欢水的人聪明，喜欢山的人坚强；我喜欢花，喜欢花的人爱‘美’。”那时候，我当然不懂得这个“美”的真正含义。

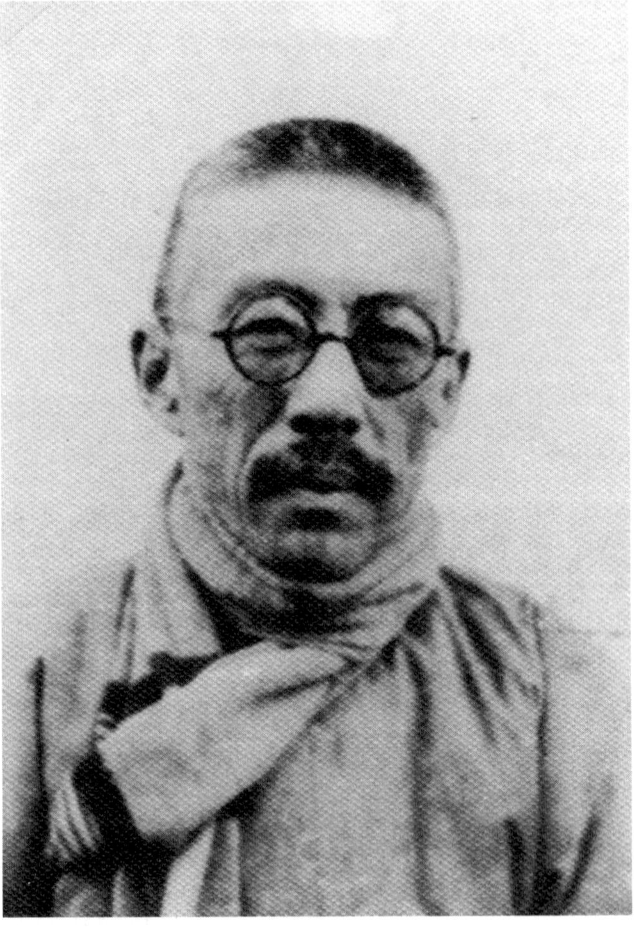

1941年11月摄于北平

父亲确实喜欢花，搬到牛排子胡同以后，大姐之秀为父亲在习堇庵窗前石阶下开辟了两条长长的花池，种上了雪白的玉簪、金黄的夜来香、艳丽的西番莲……让父亲春、夏、秋三季白天晚上都有花看。

与前一张窗前花畔的家庭照不同，父亲有一张“非常”时期的“非常”照。

1941年11月，古都已是深秋，日寇加紧了对中国百姓的压制，凡出入西直门，必须持有贴着照片的“官方”发给的“出城证”，照片还必须是由“官方”新拍照的。我家住在城里，父亲到燕大上课，必须出入西直门，他不得不去指定的地点拍照办证。中国人出入自己都市的城门，却要到日伪机关去办出城证，得到日伪机关的批准！从照片上不难看出，父亲瘦削的脸上布满了对故国的忧思和对自身处境的无奈。透过镜片的目光里隐含着的是对敌人的愤怒与蔑视。照相时是不许戴帽子的，父亲只能用他那条围了多年的浅驼色旧毛围巾严实地包裹在不屈的颈项上，显示出与侵略者的坚决对立，保持着自己凛然不可侵犯的气节。这时父亲还不满四十五周岁，但他的两鬓已明显地布满白发，记录着满怀的忧患与沧桑。

“出城证”只用了几次，12月8日，太平洋战争爆发，燕京大学旋即被日寇封闭，师生被强令离校。直到次年6月，学生方被允许回校搬取个人行李物品。跟从父亲学诗、学书的经济系学生滕茂椿（号莘园）回校，见校园杂乱荒芜，满目凄凉，宿舍门窗破敝，满室狼藉。回城后，他向老师禀报一切，师生相对，唯有叹惋唏嘘。次日父亲赋诗《莘园自西郊归来驾过荒斋，共话今昔，不胜感喟，因赋长句三章》，抒发着今昔之慨、家国之痛、光复之志。仅看其中“狡兔逡逡狸竖毛，旧携手地长蓬蒿”一句，抒发的不仅是黍离之悲，诸多典故深隐着对敌寇侵略行径的满腔愤怒与抗争：此“狡兔”非营造三窟的狡狯之兔，乃是用《韩非子》“狡兔尽则良犬烹”之典，以“狡兔”喻凶恶的作乱者。“逡逡”非“逡巡”之“逡”，“逡”亦读作“jùn”，言疾走；逡，亦做名词，《战国策·齐策》：“东郭逡者，海内之狡兔也。”此狡兔来自东邻，横行四海，还能有比这更明确的喻指东来的侵略军吗？“狸”，非猫非狐，《辞海》释：“狸，似狐而小，身肥而短。”这岂不正是对“倭寇”的漫画像？“竖毛”是动物发威时的情状，此言狸之肆意横行、猖狂无道。“狡兔逡逡狸竖毛，旧携手地长蓬蒿”是特殊年代直斥日本侵略军的诗句，一腔仇恨、满腹憎恶，尽在于此。

（四）又一次焚书

1941年9月下旬，我家迁出了牛排子胡同的四合院，新宅是地安门外碾儿胡同二十九号旁门。地点由繁华的东四一带迁至当时相对平民化的北城，房舍由规整的四合院降为只有一溜北房的大宅院旁门后院，原因很简单，只是为了节省房租。很显然，父亲的收入已经租不起一座像样的四合院了。

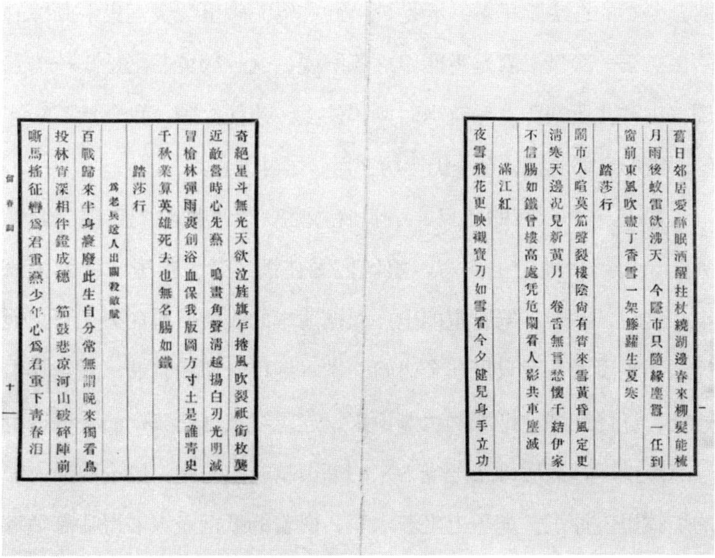

舊日郊居愛醉眠酒醒拄杖繞湖邊春來柳髮能梳月雨後蛙雷欲沸天　今隱市只隨緣塵囂一任到窗前東風吹盡丁香雪一架藤蘿生夏寒

踏莎行

鬧市人喧莫笳聲裂樓陰尚有宵來雪黃昏風定更清寒天邊況見新黃月　卷舌無言愁懷千結伊家不信腸如鐵曾樓高處凭危闌看人影共車塵滅

滿江紅

夜雪飛花更映襯寶刀如雪看今夕健兒身手立功奇絕星斗無光天欲泣旌旗乍捲風吹裂祇銜枚襲近敵營時心先熱　鳴畫角聲清越揚白刃光明滅冒槍林彈雨裹創浴血保我版圖方寸土是誰青史千秋業算英雄死去也無名腸如鐵

踏莎行

爲老兵送人出關殺敵賦

百戰歸來半身癈廢此生自分常無謂曉來獨看鳥投林宵深相伴鐙成穗　笳鼓悲涼河山破碎陣前嘶馬搖征轡爲君重熱少年心爲君重下青春泪

留春詞　十

当年被撕掉焚毁的《留春词》第九、十页

一溜北房当中一间是父亲的书斋，斋名由“习堇庵”改为“倦驼庵”。父亲一向看重骆驼坚毅耐劳的品格、埋头苦行的生命路程，以及来往于大漠风沙、长城脚下的历史人文内涵，曾作有一首咏驼的词《贺新郎》（又是寒冬矣）。而此刻，父亲以“驼”名斋，却又前加一“倦”字，“倦驼”，虽是源于一则笔记，更含着国难时期艰苦支撑、苦捱岁月的意味在内。

燕京大学被日寇封闭，父亲是燕大专任教师，为防备日伪特务的搜查，倦驼庵里不得不又一次焚书。不同的是这一次不是大批的、公然的在宅院里焚，而是悄悄地在倦驼庵里焚烧词集中撕掉的两页。第一次焚书我是听四姐之燕所说，这一次焚书已是我一个五周岁小孩儿所亲历。尽管当时撕了什么、为什么撕，我全然不知，但那情形、那气氛，至今仍历历在目、瑟瑟于心。

那是一个严寒的冬日，一日晚饭后，母亲把院门、屋门紧紧关闭，再严严地拉上窗帘，姐姐们围在饭桌旁，屋里一片紧张气氛。这时，父亲从倦驼庵捧出几大摞薄本的线装书放在桌子上，他什么话也没说，我只见几个姐姐一本本地打开那线装书，翻到其中一处，仔仔细细地把那两页撕下来，连丝线装订处残剩的毛纸边也一点点抽净，然后母亲把撕下来的书页拿进倦驼庵，投进取暖火炉的炉膛里烧掉了。炉子上坐着水壶，燃着的纸把壶水催得咕嘟咕嘟响，烟顺着烟囱冒出去，纸灰也不会飞到屋子里。全家人一句话没有地做着这一切，气氛是从不曾有过的严肃与沉重，一向胆小的我甚至都觉得有些恐怖，在一旁看了一会儿，也和姐姐们一起撕了起来。大人们没有阻止我参加“工作”，但这到底是干什么，我不明白，也没敢问。多年以后我才知道，那被撕的书是《留春词》，被撕掉的两页上印有两首激昂亢奋的抗日之曲——谱于1933年歌颂二十九军大刀队喜峰口“长城抗战”雪夜砍杀日本侵略军的《满江红》和以“为老兵送人出关杀敌赋”为题的《踏莎行》。《满江红》一首高唱：

夜雪飞花，更映衬、宝刀如雪。看今夕、健儿身手，立功奇绝。星斗无光天欲泣，旌旗乍卷风吹裂。只衔枚、袭近敌营时，心先爇。　　鸣画角，声清越。扬白刃，光明灭。冒枪林弹雨，裹创浴血。保我版图方寸土，是谁青史千秋业。算英雄死去也无名，肠如铁。

一首以词这种最为婉约的韵文形式所谱写的“大刀向鬼子们头上砍去”的《大刀进行曲》。以一首词而专咏一次著名的战役，这在中国词史上恐怕是极为罕见的吧？《踏莎行》一首，上阕先写“百战归来”已是“半身瘫废”的老兵，他心如枯木，只在孤单冷寂中打发无聊的岁月。至下阕，由于大好河山遭敌寇践踏，词风陡转：

笳鼓悲凉，河山破碎。阵前嘶马摇征辔。为君重爇少年心，为君重下青春泪。

民族危亡，使老兵重又焕发出斗志，为出关杀敌的战友燃起内心青春少年的意气。这首词由于有了“出关杀敌”的词题，抗日主旨更为鲜明。两首词以黄钟大吕之音谱出了抗日奏鸣曲，张扬着鲜明的时代精神。而此刻，父亲不得不把它们从词集中撕下来烧掉，自此，家中所藏《留春词》都是缺页的残本。

“留春”一集中的抗日之曲不只这两首，紧随其后的一首《西河》，标明“用清真韵”，其用意就是表明乃依周邦彦著名的《西河·金陵怀古》谱写的一首怀古词。词之开篇“燕赵地”三字赫然在目，不言自明，此乃燕赵怀古之作也。其时（1933年初），日军已侵占了山海关、热河以及冀东一带，燕赵之地已是危如累卵，千年古国“风云缭乱天际”，“算天险，难仗倚。横江铁锁谁系？”“旧京短巷更闹市”处在“萧索黄天红尘里”。这是一支借昔言今的忧国伤时之曲，只是由于多用古代之典，连“怀古”二字也未标明，才免掉了被焚之难。到“留春”结集处，一首“题冯问田先生《紫箫声馆诗集》”的《青玉案》中，亦有“苍天已醉河山裂”，“三千里外，乌龙江上，只剩荒寒月”等伤东北河山沦丧之句。

（五）专任辅仁大学

当年在沦陷区北平，辅仁大学是教会所办，不接受日伪津贴，不受日本管辖、不挂日本国旗、没有日本教官、日语不是必修课，因之，这里聚集了许多爱国的知名教授，优秀的青年学子也纷纷考入辅仁大学。

父亲自1939年开始在辅仁大学任课，燕大被封校后，他自1942年成为辅仁大学的专任教师，直到1949年秋大病离开讲坛。在辅仁大学，他前后执教十一年之久，很多著名的专家、学者、教授以及众多文史、艺术、教育工作者，都是他在辅仁大学时期的学生。其中，除“传法弟子”叶嘉莹外，还有郭预衡、史树青、刘在昭、阎振益、刘乃崇、朱家溍……表演艺术家于是之“偷听”辅仁大学的词曲课，自称“偷学者”，书法家欧阳中石趋府受教，自称“入室弟子”……任教十一年，他开设的课程门类很多，韵文自诗三百篇、楚辞、唐宋诗选、唐宋词选、曲选直到王国维的“人间词”及《人间词话》；古典散文则有《论语》《中庸》《昭明文选》、文论举要、文选习作等。

在辅仁大学，父亲的讲堂延续着三十年代燕园课堂的盛况，甚至可说又“盛”一筹。半个世纪后，弟子们仍在做着深情的回忆。郭预衡是一位严谨的学者，为人为文与治学一样，情感轻易不外露，但谈到自己的老师就不一样了：

先生当时不仅是一系的教师，而且是全校的大师。其备受欢迎的盛况，当时是绝无仅有的。……不仅传播知识，而是启发悟性。先生讲授的内容，多是自己的心得，并凝聚了自己的创作经验，运用多种譬喻，深入浅出地传达出来。先生讲课的语言，也有特点，既富哲理，又富情感。先生健谈，但不多谈……（《顾随先生》）

弟子阎振益形象地描述了当年身处顾随老师讲堂是怎样的“陶醉于其中”，“忘了自我”：

听顾羡季先生讲课……如在山阴道上行，美不胜收，目不暇接，一步步进入佳境，直至完全陶醉于其中，浑然忘了自我以至周

为《辅仁年刊》所摄

围的一切。待到铃声骤起，才如梦方醒，发现原来自身处于教室之中。抬头看，先生正在收拾书卷，慈祥的面容上含着微笑，倦意中仍闪耀着兴奋之光。再环顾四周，室内座无虚席，外面所有窗口都被外系的听众挤满了，人们仍在沉醉中，舍不得离去。（《宗师芳千古，才多溉后生——缅怀老师顾羡季先生》）

父亲当年在辅仁大学刚刚步下讲台的形象，曾被《辅仁年刊》的编辑拍摄下来，登在图文双胜的年刊上。

那是1939年的一次课后，照片背景是男院教室的大玻璃窗。这一年父亲四十三岁，应该说正值壮年，而他却经常为病痛所苦。不过，他只要一登上讲台，立即全神贯注、神采飞扬，饱含着对中华古代文化的热爱和严谨的敬业精神，将自己渊博的学识和精深的见解生动传神地讲述出来。从这张照片上可以看到，父亲虽然多少带有点课后的倦意，但他似乎还沉浸在讲课时的兴奋、愉悦之中。

（六）碾儿胡同寓所的几张家庭照

我家在碾儿胡同居住的时间不长，但却留下了几张父亲与家人的合影。1941年的北平，即使是一个教授之家，购买一只胶卷拍摄家庭照也是很奢侈的事儿。这次，因大姐出嫁首次归宁，才有了这一奢侈之举。

1941年底，顾随与三女之惠在碾儿胡同寓所

这张照片上站在父亲身旁的是我的三姐之惠，拍照的时间是1941年深冬，身后的房间是碾儿胡同一溜北房最东头一间——父亲的书房倦驼庵。那时父亲每周至少要到辅仁授课三次，住在这里，步行三十分钟就可以到校，来往雇用人力车，车钱也会省一点。1941年暑假，三姐之惠毕业于师大女附中高中，她功课很好，出于强烈的民族情感和自尊，父亲宁可多花学费，也坚持不让她报考敌伪统辖的“公立”大学。照片上的三姐已是辅仁大学教育系一年级的学生，她有时可以陪父亲一起步行到学校上课，这张照片正是摄于午后准备去学校之前。父亲身上棉袍之外罩着一件灰驼色软缎面狐肷大皮袍，头戴水獭皮帽，围着长长的黑色毛围巾，左臂下夹着一只装讲义、书籍的黑皮包，腰身挺直，精神十足，让人感到有些老兵出征的味道。父亲在讲堂上永远全神贯注、声调激扬，尽管课后总是累得腰酸背疼、腿软声哑。照片上父亲这一身“行头”，在当时算得上是高档的，但那都是1930年前在天津女师和初到燕京时置办的，这些衣物父亲一直穿用，陪他走过了大半个人生。晚年到了天津，他“与时俱进”，有了毛呢制服，有了双排扣厚呢大衣，但数九寒天上讲堂，他还是穿这件大皮袍，皮帽、毛围巾和皮包，也未曾换一套新的。

这一天，父亲因为要去辅大授课，未及与家人合影。第二天，天气晴朗无风，阳光和暖，吃过午饭，父亲能够不戴皮帽、不穿棉鞋来到庭院中拍照。

父亲身旁坐在小马扎上的是我，我那时还不满六周岁，没有

1941年底在碾儿胡同寓所

上小学；后排左一是四姐之燕，中间是五姐之平，她们俩正在私立四存小学读书；右一是大姑母的儿子、我的表兄孙书秀（德全），他襁褓中丧父，大姑母一人拉扯他在老家艰难度日，当时他已十一岁。1941年，我家的生活已相当困窘，父亲在诗中已有“半年不吃肉边菜”之句，但他不忍外甥年幼失学，把外甥接到北平，送进四存小学插班。孙书秀，母亲叫他“小全儿”，我们叫他“全哥”。全哥个子不高，但长得壮实，能吃苦，憨厚中带着几分“横”劲。他容不得人欺负人，在学校里不免有时和同学打架，舅父舅母没少为这个说他。有一次，他见两个日本孩子欺负中国小孩儿，趁中午放学，他把两个日本孩子引到一个四外无人的干河沟底，暴打了一顿。回到家，他向舅父舅母说了这事儿，还说：“把两个日本小子打服了，看他们以后还敢欺负中国人！”这次，舅父舅母没有说他，只是嘱咐他“要小心”。我胆子小，悄悄地问他：“全哥，他们告诉老师怎么办？”全哥说：“他敢！早跟他们说了，把事儿说出去，下次打得更狠。”后来，母亲用老家捎来的粗布染了色，为他缝了一套学生服，我想这是舅父舅母对外甥“英雄行为”的奖励，照片上的孙书秀穿的正是这身衣服。这一天，他还和舅父单独合影一张，我们三个小女孩儿都没这个待遇，可见父亲不是不喜欢男孩儿。表兄孙书秀念念不忘舅父舅母的恩情，1949年参军以后，经常和舅父通信。1999年，他在文章中还写到舅父送他进学校以及这平生第一次穿上的、也是仅有的一套学生服。

顾随与外甥孙书秀在碾儿胡同寓所合影

（七）《馋秀才》与《佟二》

在碾儿胡同的倦驼庵，父亲以他特有的方式——文学创作——继续以笔进行着战斗。他的《倦驼庵诗稿》《倦驼庵词稿》中的大部分作品创作于此时。“词稿”中有一首1990年周汝昌先生仍动情讲述的《浣溪沙》，他说：“老师最爱国，沦陷期间那苦难的岁月里，我最不能忘记老师的一首《浣溪沙》的下片‘南浦送君才几日，东家窥玉已三年。嫌他新月似眉弯’。”“南浦送君”暗喻送别师友、弟子南下，“东家窥玉”暗指日寇侵占中国大地，“一弯蛾眉，古往今来，这是最美的景象，但是顾先生却用一个‘嫌’字，含义最深”。（《怀念先师顾随先生》）“诗稿”中有一首四十三字长题、五十五个诗句的七言古，乃“观韩世昌演《思凡》”的“抚事感怀”之作，诗中以十二个精妙的诗句描写昆曲艺术家韩世昌绝美的歌舞表演：

翡翠帘前月徐上，红氍毹上水生波。
飘絮游丝晴空里，欲坠还飞情难已。
声如初啭莺在林，身似三眠蚕乍起。
转缚脱羁得自由，一天云散日当头。
百尺清泉流下前山去，中有夷犹缥缈之轻舟。
曲终姗姗入绣幕，空山寂寂山花落。

真可与《琵琶行》中描绘琵琶演奏相媲美，是民国诗歌史上的难得之句，在昆剧表演艺术史上或亦当有一席之地。但长诗的抒情别有怀抱，全篇以“吁嗟乎开天旧事忍重说，一曲霖铃泪数行”为结，其“感怀”则并非白乐天之“小我”的“同是天涯沦落人”，而是暗含时代特征，以史事隐喻国家民族之大灾难。

更值得瞩目的是，此时父亲的创作笔锋一下子转向近十年不曾涉足的杂剧、小说领域，完成了二折杂剧《馋秀才》与中篇小说《佟二》的创作。

1941年10月，父亲以一夕之功将1933年练习剧作时谱写的两折曲词，补充情节，加楔子、宾白，谱成前已述及之《馋秀才》，刊于沈兼士先生主持的抗日刊物《辛巳文录》（初集）。杂剧主角是一个善烹调又馋嘴的秀才，他宁肯潦倒到喝白粥、教村童，也不肯为每月十两白银的赏钱去为县太爷调制三餐，伺候大老爷。“不是我死拿乔，活支撑……好给他做个庖丁，似明珠投入了泥坑”，这分明是借馋秀才之行止表达自己不肯觍颜事敌的民族气节。另一支曲词则高唱：

我若是拿得动刀，我若是抡得动枪，到得那两军阵上，我也去入伍吃粮。恨老天怨彼苍，不给我力量，只生来赋与清狂。……空孤负一貌堂堂。

更是直截地诉出了不能身赴国难的苦衷，表现出满怀的报国之情。杂剧这一古老的艺术形式于“非常时期”在父亲手里成为坚持操守、坚持抗战的特殊武器。

小说《佟二》在主人公佟二短短的一生中，浓缩进广阔的社会历史场景。佟二这个庄稼汉，先是经受了天灾——蝗虫的洗劫，接着又遭受了各路军队混战对耕地的践踏，他也曾参加民间帮会的造反，但最后倒霉的还是他自己，他终于活不下去，不得不携妻带子“下关东”。路上，佟二更遭到灭顶之灾——一支军队打昏了他，抢了他的行李，杀害了他的妻儿。这些本是历代旧中国农民共有的灾难，而父亲在小说结尾重重地点上一笔——杀害佟二妻儿的是“挂了旗”的“鬼名军”（以“鬼”为名的军队），矛头直指在中国大地横行的打着“膏药旗”的“鬼子”兵，从而使小说具有了浓重的、特定的历史感与战斗性。小说中的佟二并没有屈服，他终于逮住一个机会，一马鞭抽瞎了那支军队当官人的眼，一脚踹伤了那当官人的腰，夺了那当官人的马，奔回自己的家乡，死在自己老屋的土炕上。佟二报复了，让敌人吃了苦头，自己也挣得了“自由”——死也死于自家的热土！

父亲以一支滴血的笔，通过农民佟二的一生，诉说了中国农民的苦难，控诉了日本侵略者的罪行，也张扬了中国人民不屈的斗志。

中篇小说《佟二》刊于1942年春《辅仁文苑》（十、十一合辑）终刊号。《辅仁文苑》终刊后，沦陷下的古都再没有一册私立

《辅仁文苑》封面

大学的校园文艺刊物。（此前三个月，《燕京文学》已随学校之被封闭而停刊。）

（八）迁居“前海之后、后海之前”的南官坊口二十号

在碾儿胡同，家庭的经济状况是愈来愈拮据。家里帮工多年、情同一家的老保姆叹息着：“大小姐出嫁了，把财神爷带走了！”（大姐之秀1941年初冬出嫁到天津。）

1941年初冬，父亲的《解闷六绝句》中有这样一首：

烧得山芋欺软玉，嚼来萝菔似甜冰。
半年不吃肉边菜，惭愧山中入定僧。

正是以诙谐的口吻对当时日常饮食所做的真实描述。1942年暑假还没到，父亲已托在天津的旧日弟子为他找到了一份临时的教职，用现在的话讲，就是为了养家糊口，准备利用假期外出“打工”了。由于母亲突患重病，这一计划未及实现，全家生计只得暂靠借贷支撑。如此境况之下，碾儿胡同这虽不成格局但毕竟是独门独户的房子，父亲也交不起房租了。

1943年4月29日，我家迁入什刹海北沿南官坊口二十号外院的北房，这里租金更低一些，距辅仁大学也更近一些。

南官坊口地处“前海之后、后海之前”，自然环境绝佳。二十

1943年夏摄于辅仁大学女院垂花门前

1943年夏摄于南官坊口寓所阶前

号是前清敦郡王府的祠堂，虽是一座大宅院，但七家合住——前院北房、南房、东小院各住一家人，后面的两进院落住了四家，算得上是“准”大杂院。我家所住是前院的六间北房，原是王府人员候祭的“朝房”，东西两侧各三间，中间以通往中院的大穿堂过道隔开。父亲的书斋在最东边的一间，仍沿用砚儿胡同时的斋名“倦驼庵”。到冬季，只在书房里为父亲生起一个取暖用的小铁炉，西侧三间做饭用的小煤球炉兼做取暖之用，最冷的冬夜，水缸的水也会结上厚厚的一层冰。六间“朝房”虽然高大宽敞，但也显得相当“苍老”，夜间听得到顶棚上老鼠吱吱噔噔地乱叫乱窜，现存的口粮必须放在最西侧屋子中间一个高高的木桌上，以防老鼠跳上去啮食。父亲带领全家在这里一住六年有余，直至连这里的房租也付不起的时候。

搬到南官坊口寓所，距辅仁大学男院女院都不过步行十分钟左右的路程。家与学校距离近了，学生们有了更多课外与老师接触的机会，所以学生与老师的关系也随之更亲近了。

1943年夏，国文系1941级结束了大二的课程，全班女生在女院组织了一次聚会，只邀请了顾随老师参加。聚会后，全体女生与老师在垂花门前留影。留影之后，班里八位女生陪护老师返回寓所，在阶前再次合影。垂花门前一张，后排右起第五人为叶嘉莹，第六人为刘在昭；寓所一张，父亲身后右起第二人是叶嘉莹，第四人是刘在昭。现今叶嘉莹教授将寓所阶前一张合影放大为三十英寸的巨幅，悬挂在她南开大学书房兼客厅的墙壁上。当时，她刚刚师从顾随老师学诗一年，她说："从来未曾聆听过像先生这样生动而深入的讲解，因此自上过先生之课以后，恍如一只被困在暗室之内的飞萤，蓦见门窗之开启，始脱然得睹明朗之天光，辨万物之形态。……"（《顾随文集·代跋》）

学生们不满足于课堂上获得之教益，由于老师"近来授诗，时举禅家公案，俾助参悟"，学生们在课外举办了一次讲演会，敦请顾随先生做题为"禅与诗"的讲演。1943年11月6日下午，辅仁大学男院容纳二百人的阶梯教室"座无虚席，后来者伫立聆听直至终场"；"讲演内容深入浅出，生动活泼，给与会者以极大启迪"。（张恩芑《回忆顾随先生的一次讲演〈禅与诗〉》）这虽是一次课外活动，但父亲像对待正课一样严肃认真，讲演前草拟了一份三四千字的底本；讲演时学生们又做了详细的笔录，整理成一篇七千字的完整讲稿。暑假里，"同学还是希望有机会见到顾先生。先生的寓舍距离北海公园北门没有多远"，男生们"每隔数日，便邀先生到北海五龙亭小聚"，师生畅谈心曲，学生更能聆听到老师对诗词、书法的见解，得到课堂上难得的知识，这也给困居沦陷区的老师生活、精神上以安慰。（郭预衡《大学往事》）课余，学生们到老师寓所受教、交谈的机会也多了起来，著名文博专家史树青当年就是其中的一位。

1943年5月，史树青以家中旧藏沈尹默先生所书联语——"秀句满江国，芳声腾海隅"——呈顾随老师，请求鉴定与评论。老师经一番鉴赏之后，"定为尹默先生早年在北京大学任教时（1913—

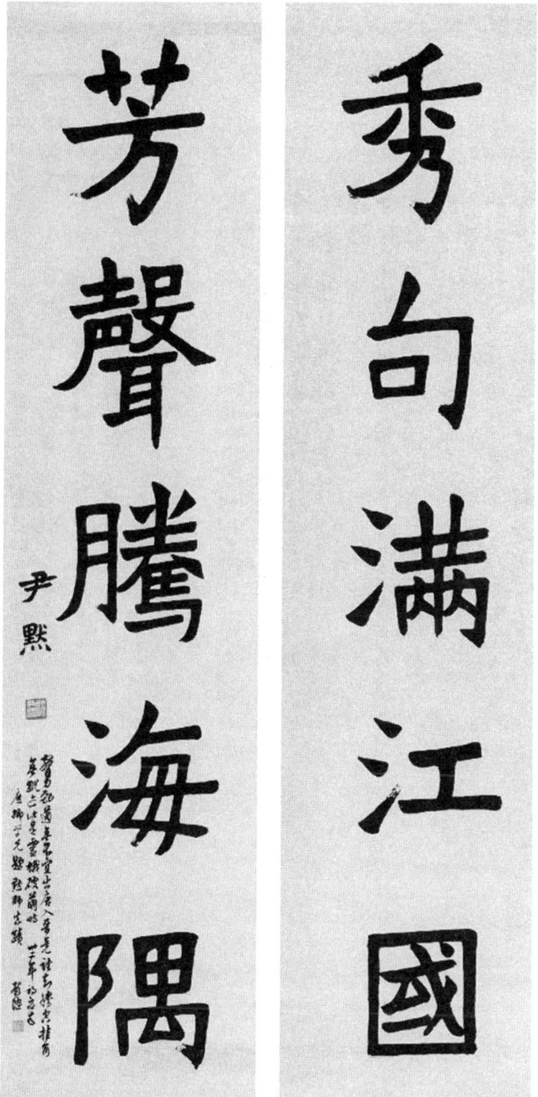

沈尹默撰书对联（左下方小字即顾随所题七绝）

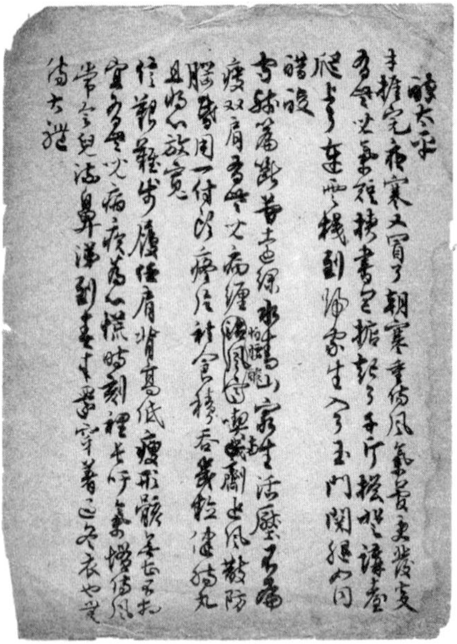

散曲《醉太平》手稿

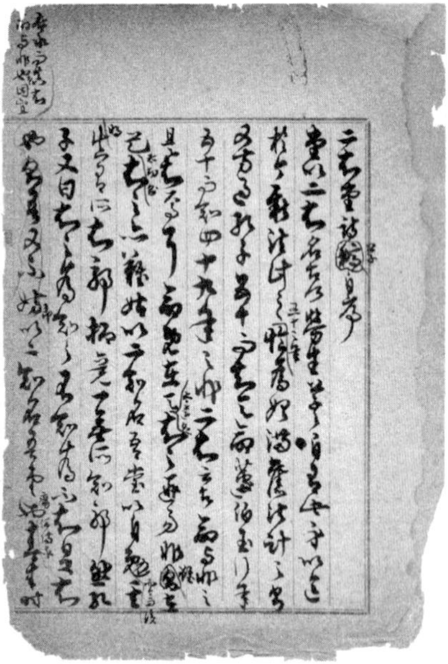

《二知堂诗草·自序》手稿（局部）

1929）所书”；又指出“集李白诗句联，在尹默先生作品中还是不多见的”；且当即为弟子所藏珍联题七绝一首：“腕力劲遒无不宜，出唐入晋竟谁知。腾空挂角无踪迹，此是灵蛾破茧时。”（《顾随先生题沈尹默书联小记》）这首“论书”绝句，是书法家顾随对尹默先生书法造诣之评价。史树青认为，这也是“先生平日学书、作书之体会”，“不啻是先生论书、创作之自白”。（《顾随先生临同州圣教序·序言》）是年秋，史树青将自己的词作辑为《几士居词甲稿》，请求老师指正并作序。次年春，史树青在北平琉璃厂书肆觅得老师旧日所书“临同州圣教序”，师生一同品赏临帖之后，老师为他作跋文一篇。临帖及跋文已于1990年由天津古籍书店影印出版。

由于拜访老师的机会多了，学生们也就有了争相传看、传抄老师著作手稿的机会，在这方面，弟子刘在昭做出了她始料未及的贡献——保存了老师的不少佚作，丰富了十卷本“全集”的篇章，其中特具历史文献价值者不在少数，如1938年底和周作人所示“游僧诗”之七绝五首，1939年初呈药堂翁之七律一首，《二知堂诗草·自序》以及《夜漫漫斋说玉谿生诗》……不及一一详述。

（九）沦陷后期的创作与著述

北平沦陷后期，为了生计，父亲奔忙于几所大学执教。艰难苦恨，两鬓繁霜，但他不曾停下手中创作与著述的大笔，且取得了超

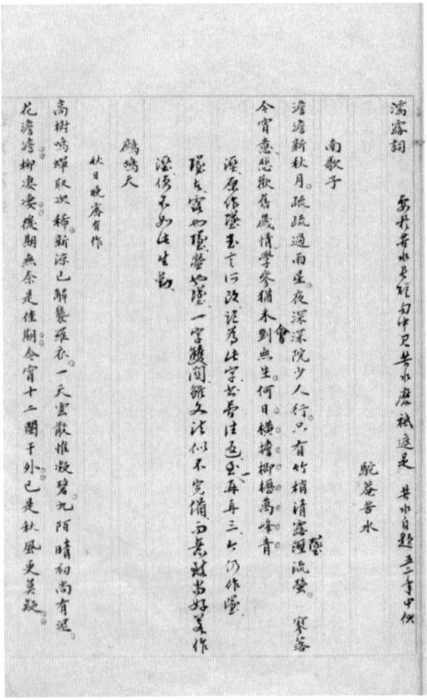

自题《濡露词》抄本（局部）

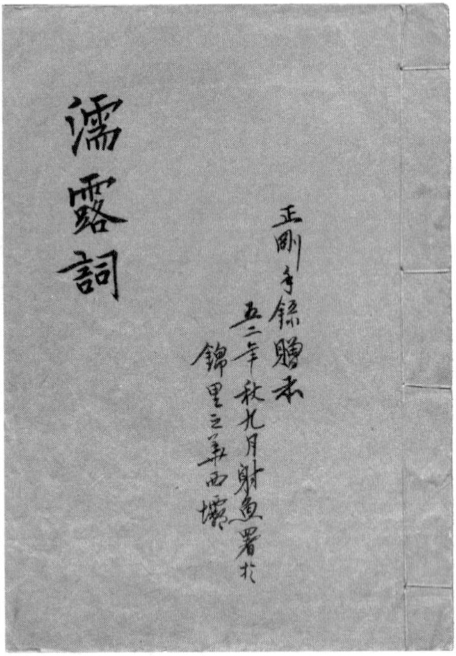

周汝昌所题《濡露词》抄本封面

越此前的骄人成就。

作为苦水词人，父亲的第六种词集《濡露词》在弟子史树青的操持下印行。较之前此的多种词集，收词数量最少，只有二十二首，创作时间最为集中，仅在1943年秋“起讫不过一月”，集后附《倦驼庵词稿》十首，三十二首词作沿袭着1941年之《霰集词》，抒发了一怀坚贞的心志与抗战必胜的信念。由于收词少、创作时间集中，对此一词集之价值，我原未能有真正的认识。有幸的是，2017年冬日，得见一份极可宝贵的“历史文献”——1952年中伏，父亲亲手点订、自注并作“自识”的《濡露词》抄本。开卷处父亲自题：

要于苦水长短句中见苦水么？祇遮是。

何以能于《濡露词》中“见苦水”？父亲在“自识”中说：

其时痼疾渐深，又沦陷日久，水深火热，故多凄苦之音。但半生学词，天赋人力，生理世情，举可以于此消息之。是之先之后，诸作弗如也。（“之后”指1944—1952年间之作。——京注）

可知父亲是以此集为自己前半生词集的压卷之作，怪不得当年《濡露词》二十二首以雅正精美的楷书书写于十年前特印的“习堇庵”朱丝阑宣纸上。集中“沦陷日久”的“凄苦之音”可以《鹧鸪天·不寐口占》为代表：

老去从教壮志灰。那堪中岁已长悲。篆香不断凉先到，蜡泪成堆梦未回。　　星历落，雾霏微。遥山新月俱如眉。寒花无数西风里，抱得秋情说向谁。

开端二句直抒内心，煞拍二句即景述情，中间数句以“篆香”“蜡泪”“星”“雾”“山”“月”为象喻，将内心凄苦抒发得婉美而幽深。此外，如集中之“雨洗新秋月，霜飞旧帝宫”“九陌生尘，无处不西风”（《南歌子》）、“可惜九城落照，被遮一带遥山”“悲风来野外，秋气满尘寰”（《临江仙》）……均是景语。昔日的宫殿，凄恻的秋风，黯淡的古城，词意词境旷远而凝重，绵密而悠渺，写来看似并不用力，而一怀“沦陷日久”“水深火热”故国蒙难的深悲涵隐其中。苦水词人为词之“天赋人力”“生理世情”，后世读者或可约略于中领悟其“消息”。

在杂剧创作上，父亲自1942年1月开始动笔谱写据《聊斋·连琐》故事敷演而成的二本八折杂剧《游春记》，但“牵于课事，又腰背作楚益甚”，停笔三载，至1945年2月11日（农历除夕），方才大功告竣。《连琐》本是叙写书生杨于畏与鬼魂连琐人鬼相恋的故事，以连琐之死而复生及“二十余年如一梦”的喟叹为结尾。《游春记》以此故事为底本，增加了几个角色，丰富了戏剧情节，增强

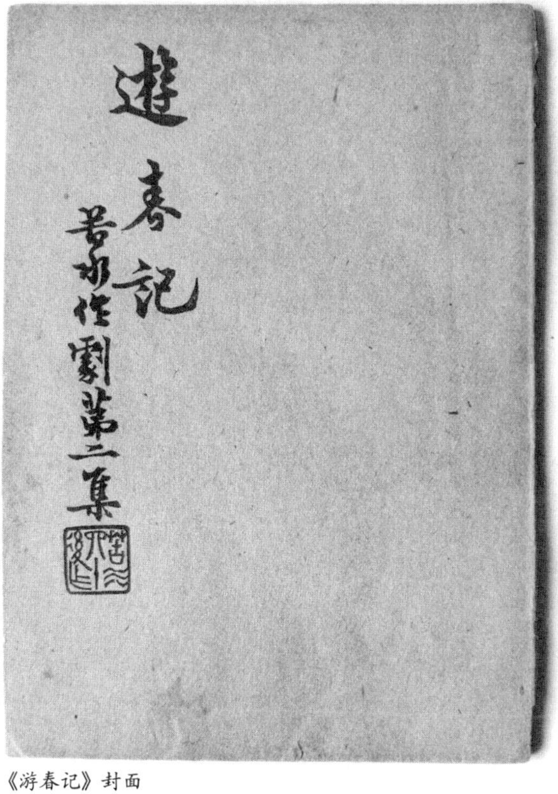

《游春记》封面

了戏剧冲突，尤其值得瞩目的是，增加了连琐复生后与杨于畏驰马登山观海一折，全剧的情感境界升华到对美好人生与精诚心志之赞颂的高度。而且父亲一支生花妙笔，将全剧曲词谱写得串串珠玑，晶莹耀目。试看“红轮西坠”“碧雾东生”时，一支曲词展现出的大海之瑰奇壮美：

遥空晚渐低，绮霞明未收，将海天尘世一起来庄严就。将遍人间绛蕊融成色；合天下黄金铸一个球。潮音里响一片钧天奏。比月夜更十分渊穆，比春朝加一倍温柔。

正是全剧落幕前撼人心魄的生命礼赞、华彩乐章！凡此种种，使《游春记》既有作为案头读物欣赏的文学价值，又具有表演性，如果搬上舞台，定能收到不俗的演出效果。

《游春记》坚定了父亲戏曲史上最后一位杂剧名家的地位；他创作的六种杂剧也获得了“中国戏曲史上空前绝后的成就”（叶嘉莹语）之赞誉。

还有令人想象不到的是，这一时期，父亲竟又重拾译作旧业，译出了克鲁泡特金的《论涅克拉索夫》，惜今只存刘在昭手抄之断章残稿。

父亲在燕京大学任教时，曾为国文系的学生讲说稼轩长短句，燕园被日寇劫夺，课业被迫停止，父亲深为怅恨。事师如父的弟子滕茂椿深会老师之心，1942年春一次闲谈中，他向老师建议，“何不自写”旧日燕京讲堂所讲之辛词，一语引发了老师写作的兴致，随即“遴选辛词廿首”，拟逐首说之，但迫于病体与生计，直到次年暑期“始能下笔”，《稼轩词说》“作辍廿余日，终于完卷”。之后父亲创作“词说”的兴致一发而不可收，“乃再取《东坡乐府》选而说之”，“进行弥速”，《东坡词说》“凡旬有二日而卒业”。

父亲撰著两部“词说”之时，已精研佛经典籍与禅家语录数年，对佛经的“语录体”甚为喜爱，两“词说”即用别致的“语录体”写成。周汝昌先生说老师“采此文体，并非是为了‘标新立异’或文人习气喜欢掉弄笔墨”，“而是取其所长，更加创造——也就是一种大大艺术化了的‘语录文体’”。（周汝昌《苏辛词说·小引》）

总观两部“词说”，可分“正文”与“序跋”两部分。“正文”共阐论稼轩、东坡词三十五首；近两万字的“序跋”乃是对词学理论的研析，或可视之为“词学总论”。“总论”中，父亲在前人论词之“性灵”说与“境界”说的基础上，标举出“高致”一说，以“高致”为词创作的最高境界。“高致”二字看似玄虚，而“词说”中之论述，用今天的话说就是十分“接地气”。“高致”以“诚”为根本，以“文采”为外象。“诚”即“真”，即无伪、无邪，即古所言“修辞立其诚”，“诚于中，形于外”；而“文采”绝非“脂粉熏泽”之“外铄”、之“模拟袭取”，而是文字学家所谓汉字之形、音、义。形、音、义三者之中，“莫要于义，莫

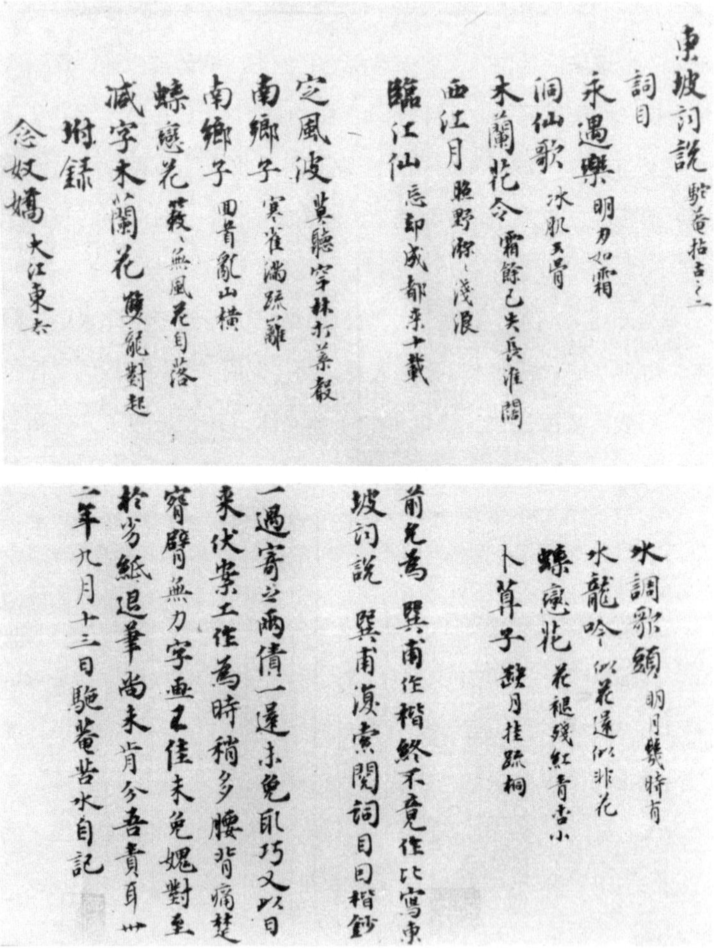
東坡詞說 駝菴拈古之二
詞目
永遇樂 明月如霜
洞仙歌 冰肌玉骨
木蘭花令 霜餘已失長淮闊
西江月 照野瀰瀰淺浪
臨江仙 忘卻成都來十載
定風波 莫聽穿林打葉聲
南鄉子 寒雀滿疏籬
南鄉子 回首亂山橫
蝶戀花 蔌蔌無風花自落
減字木蘭花 雙龍對起
附錄
念奴嬌 大江東去
水調歌頭 明月幾時有
水龍吟 似花還似非花
蝶戀花 花褪殘紅青杏小
卜算子 缺月挂疏桐
前此為巽甫作楷終不竟作此寫東坡詞說巽甫復索閱詞目因楷鈔一過寄之兩債一還未免取巧又以日來伏案工作為時稍多腰背痛楚脊臂無力字画不佳未免媿對至於劣紙退筆尚未肯分吾責耳卅二年九月十三日駝菴苦水自記

《东坡词说》词目

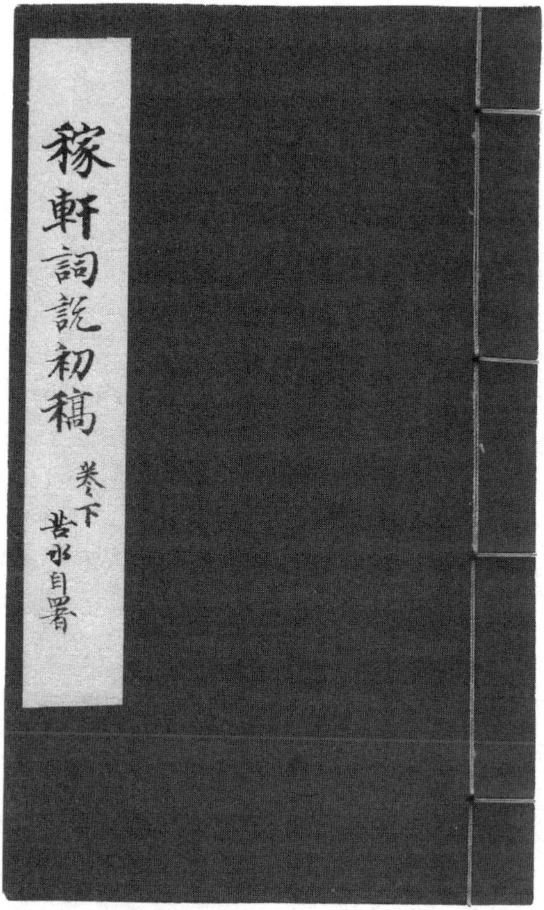

《稼轩词说》稿本卷下封面

易于形，而莫艰于声”，“借字体以辅义”，“借字音以辅义”。一番阐释，读者会感受到“高致”较之“性灵”“境界”及论诗之“神韵”更为切实可感，易于把握。“总论”中还论及历代的作家、作品，且对东坡、稼轩词章加以比较，提出了“健”“实”二字为二家词“分野”之独见。三十五首苏辛词之阐论，迥异于习见之逐字逐句的条分缕析，从作者的心性、感发，读者的领悟、体会诸方面，独抒己见，广征博引而不离其宗，往往是抓住一个话头，生发开去，统领全作的精髓。如辛弃疾《贺新郎·赋琵琶》以耍狮子为例，说稼轩此词“赋物”的手段，“用了许多故实，恰如狮子滚绣球相似，上下、前后、左右，狮不离球，球不离狮。狮子全副精神，注在球子身上，球子通个命脉，却在狮子脚下……”，而狮、球如何互不相离，命脉如何在脚下，精神如何在球上，却又一概不去掰开揉碎地申说，只留给学人去思索。再如苏东坡之《定风波》“道中遇雨”一首，则只抓住开端之“莫听穿林打叶声，何妨吟啸且徐行”二句，向纵横深广处铺叙，展现东坡其人、其词、其精神、其心性。如此之说词，不仅前无古人，恐怕至今也尚未见步其后者。

周汝昌先生1983年为老师两“词说”撰写了万言的“小引”，言“词说”的意义与价值：“王静安的《人间词话》是一部词学理论史上的重要著作，而且影响深远”，先生之“词说”，“包神韵与境界而有之”，其意义与价值“无论自高度、广度而言，抑或自深度、精度而论，皆超越远甚”。“先生之所说，实与吾中华民族

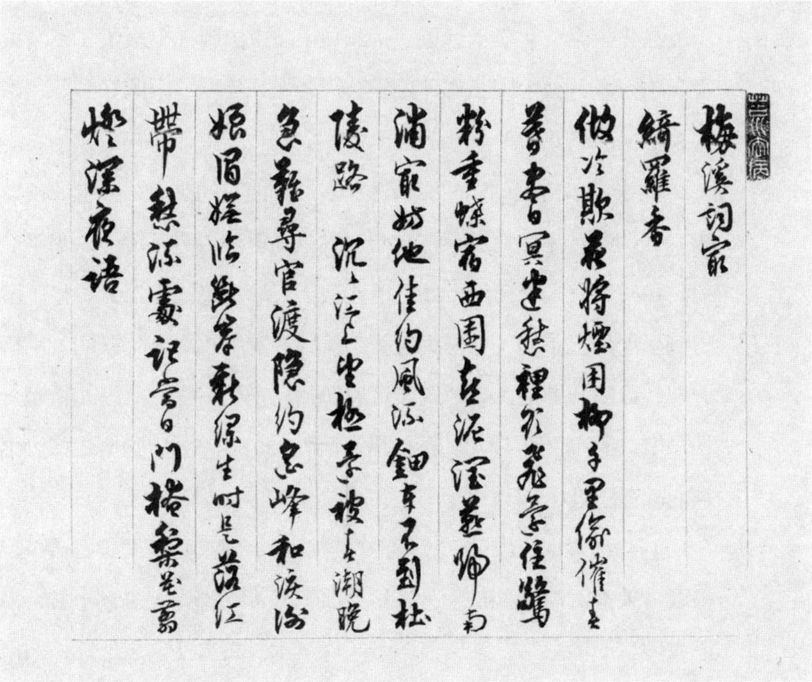

梅溪词最

绮罗香

做冷欺花将烟困柳千里偷催春暮尽日冥迷愁里欲飞还住惊粉重蝶宿西园喜泥润燕归南浦最妨他佳约风流钿车不到杜陵路 沉沉江上望极还被春潮晚急难寻官渡隐约遥峰和泪谢娘眉妩临断岸新绿生时是落红带愁流处记当日门掩梨花剪灯深夜语

手抄《梅溪词最》

文化精神甚合甚切，则民族文化精神长存，即先生之‘词说’亦必随之而不可没。”汝昌先生此语，实为具眼之论。我们不能不佩服于汝昌先生之文化学术远见——2015年北京出版社出版了《苏辛词说》单行本，被中国图书评论学会评为2015年度“中国好书”，由中央电视台隆重推介。

父亲是以诗人创作的激情进行着“词说”的撰著，并未准备发表。“词说”完稿之后，京津两地的弟子争相传看、传抄，四年之后，1947年方应弟子吴小如之请连载于天津《民国日报》。滕茂椿得到了老师赠予的《稼轩词说》手稿，并前所述之《濡露词》手稿一起，以线装书之古老形式装订成册，几十年下来，完好如新制。2010年，他将四册手稿珍重地赐赠于我。2017年5月，这些手稿已由河北教育出版社影印出版。

1943年9月12日，两“词说”完稿之后，父亲说词“雄心转炽，拟取古来吾所谓佳作而尽说之”，9月16日即“选得大晏词十首，拟继东坡词而说之”，且自信“于《珠玉词》实有独到之见”，即梅溪词亦选出几首代表作，并已抄清。但此时各校相继开课，再加病躯衰弱，续说胜业终未得赓续，父亲不禁连呼：“可惜，可惜！”

第五章　寄迹中华传统文化的传承

（一）燕园孤岛中的词曲课堂

在沦陷的北平，燕园地处京郊的海淀，恰成挺立于古都九城之外的一座“孤岛”。1937年，至深冬之日，燕大方得以开学授课。校园花木楼台依旧，波光塔影如昔，而人事已非，师生们的情怀与前大不相同。学生们看到，七七事变之后“才半年不见，老师就老了”（杨敏如《我与恩师顾随先生的“缘”》），“头上依稀可辨的白发，额上深深的皱纹”，“微微朝前弯的身躯”，“年龄刚过四十的老师，显得有些未老先衰了”（戚国淦《顾随先生的词选课》）。在课堂上，老师讲授的是中华古典词曲，传达的却是国土沦丧的沉痛、抗敌报国的深衷，师生们在中华传统诗歌中获得了精神和心灵的交流与抚慰。曲选课上，老师讲马致远，不讲众口流传的《天净沙·秋思》，而特选散套《夜行船·秋思》，他“高声朗诵”曲中“想秦宫汉阙，都做了衰草牛羊野”，学生们会出这“气贯长虹”的“一声凄厉”，正是外敌入侵、故国沦丧的巨痛（高长山《顾随先生的词曲课》）；词选课上，老师把自己寓托着深情深思的《鹧鸪天》讲给学生：“不是新来怯凭栏。小红楼外万重山。自添沉水烧心篆。一任罗衣透体寒。　凝泪眼，画眉弯。更翻旧谱待君看。黄河尚有澄清日，不信相逢尔许难。”师生们的情感心思在词中得到交溶。这些词句，深深地打动了青年人，学生们“懂得词中盼望的不是什么离人远客，而是‘故国旗鼓’‘汉官威仪’”，是坚贞不屈的心志，品味到抗敌必胜“河清有日的信念”，读来“比陆放翁的《示儿》诗更能受到鼓舞”（戚国淦《顾随先生的词选课》）。几十年后，弟子戚国淦犹追忆往昔，动情地吟出“怀故国，谱新篇，深情长记《鹧鸪天》”的词句。在一首《临江仙》中，老师“把自己比作捏蜡人的工匠”，“记向春宵融蜡，精心肖作伊人”，然而“不耐朱明烈日，炎炎销尽真真”，以双关比兴的手法，用“朱明烈日”影射打着“太阳”旗践踏中华大地的日本侵略者。课堂上，学生们读着老师的词，心领神会词中的深意。（王辅世《忆爱国诗人顾随的两件小事》）1939年九至十月间，长沙会战初获捷报，父亲为此谱词作《定风波》一阕，在课堂上读给学生：“昨夕银釭一穗金。凌晨乾鹊语高林。南国书来消息好。微笑。四山如画散秋阴。……”学生们记得“只有这时，才是先生舒展双眉的时刻”（戚国淦《顾随先生的词选课》）。词曲课，老师“讲的是他的心”，“听顾先生课的人更多了，学生们更严肃，学生们更爱听了……”（杨敏如《我与恩师顾随先生的“缘”》）。

（二）沦陷下的辅仁大学课堂

燕京大学被日寇封校后，父亲专任于辅仁大学，一如他在燕大，在传授中国古代文化之时，传达着民族的自豪、自尊，不屈的抗敌信念，挚诚的爱国情怀。

“词选”课上，他讲自己1928年旧作《味辛词》中直斥日本侵略军制造“济南惨案”、屠杀中国军民的三首《八声甘州》，以“哀济南”为题之二首伤心地吟唱：

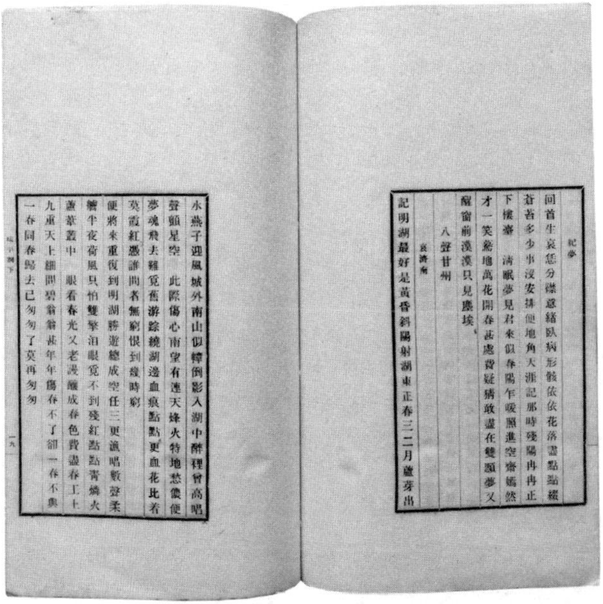
記夢
回首生哀恁分襟意緒臥病形骸依依花落盡點點纔
蒼苔多少事沒安排便地角天涯記那時殘陽冉冉正
下樓臺　消眠夢見君來似春陽乍暖照進空齋嫣然
才一笑驀地萬花開春甚處費疑猜敢盡在雙顰夢又
醒窗前漠漠只見塵埃
八聲甘州
哀濟南
記明湖最好是黃昏斜陽射湖東正春三二月蘆芽出
水燕子迎風城外南山似幃倒影入湖中醉裡曾高唱
聲顫星空　此際傷心南望有連天烽火特地愁儂便
夢魂飛去難覓舊游踪繞湖邊血痕點點更血花比著
莫霞紅憑誰問者無窮恨到幾時窮
便將來重復到明湖勝遊總成空任三更漁唱數聲柔
櫓半夜荷風只怕雙擎泪眼覓不到殘紅點點青燐火
蕭葦叢中　眼看春光又老漫織成春色費盡春工十
九重天上細問碧翁翁甚年年傷春不了卻一春不與
一春同春歸去已匆匆了莫再匆匆
味辛詞下
一九

词作《八声甘州·哀济南》

此际伤心南望，有连天烽火，特地愁侬。便梦魂飞去，难觅旧游踪。绕湖边、血痕点点，更血花比着暮霞红。

便将来重复到明湖，胜游总成空。任三更渔唱，数声柔橹，半夜荷风。只怕双擎泪眼，觅不到残红。点点青磷火，芦苇丛中。

悲愤地呼唤：

上九重天上，细问碧翁翁。甚年年、伤春不了，却一春、不与一春同。

凭谁问、者无穷恨，到几时穷！

以“忽忆历下是稼轩故里，因再赋”为题者伤心地吟唱：

望长安却被，青山遮住，抱恨无穷。不道好山好水，胡马又嘶风。地下英灵在，旧恨还重！

激昂地呼唤：

看江河滚滚，日夜水流东。……神州事，须英雄作，谁是英雄！

十多年前的旧作，此际讲来，别是一番锥心刺骨的沉痛，“一句一字，无不发人深省，耐人深思”（郭预衡《顾随先生》）。

“曲选”课上，他讲自己的杂剧，却不讲创作成熟的《再出家》《祝英台》《马郎妇》，讲的是练习剧作时自以为“各折殊少联络”之《飞将军》，为的是突出汉代名将李广“但使龙城飞

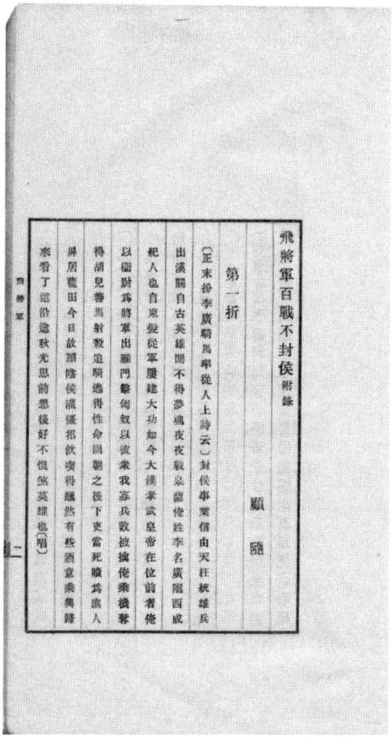

飛將軍百戰不封侯附錄

顧隨

第一折

（正末扮李廣騎馬卒從人上詩云）封侯事業倩由天枉枕雄兵出漢關自古英雄閒不得夢魂夜夜繞皋蘭俺姓李名廣隴西成紀人也自束髮從軍屢建大功如今大漢孝武皇帝在位前者俺以衛尉爲將軍出雁門擊匈奴以彼衆我寡兵敗被擒俺乘機奪得胡兒番馬射殺追騎逃得性命回朝之後下吏當死贖爲庶人屏居藍田今日故霸陵侯灌强招飲喫得醺然有些酒意乘興歸來看了這沿途秋光思前想後好不恨煞英雄也（唱）

飛將軍 二

杂剧《飞将军》首页

将在，肯教胡马过临洮”“男儿一死寻常事，不扫胡尘誓不归”的抗敌意志，以及“一腔热血，八面威风”“火咂咂沙场中十分勇”的中华民族之英雄气概和必胜信心。当年父亲谱此剧时，为了完满李将军的形象，将灞陵尉被杀之原因改动为贪生怕死、临阵逃脱；非常时期，这一情节的改动，恰成为对降敌者的怒斥与警告。学生们体会得出老师专讲《飞将军》一剧的苦心，味出蕴于其中的“头可断，血可流，江山不可丢，为祖国、为人民，虽死不辞的决心，就是尸裹沙场，也要前仆后继，报仇雪恨，势有气吞山河、心照日月的英雄气概”（张学礼《缅怀顾随先生》）。

“诗选”课上，在讲诗歌对偶时，刘在昭笔记上留下一段自可意会、无须明言的故事。1933年，东北一个无耻文人在报纸上公开征联，所出上联是“本庄欲满清平，打出两张一万”。表面看这是一幅“麻将”联——本庄家欲作满贯、清一色、平和，打出两张“一万”的牌，实际是向日本侵略军献媚讨好，拍侵略者马屁——“本庄”，日军头子本庄繁；“满”，伪满洲国；“两张一万”，张作霖父子和万福麟。上联背后的话，老师在堂上不用明说，他只针对联语本身，斥之为“既无风趣，又无韵致，还配上纸片子（报纸——京注）”！学生们心明神领，理解老师的深意，叹服老师的胆气，与老师产生心灵上的共鸣。

在“唐宋诗”课堂上，老师用英文举引了雪莱《西风颂》中“假如冬天来了，春天还会远吗”的诗意，改写成两句词：“耐他风雪耐他寒，纵寒已是春寒了。”年轻的叶嘉莹课下即以老师断句足成一首《踏莎行》，她说，当时“既正值北平为日军所占领之时，我想先生之所以在讲课时拈举出雪莱的诗句，并将之改写为中文词句，其中自也暗含有与同学们互相慰勉之意”（叶嘉莹《顾随诗文丛论·序言》）。国难当头之际，西洋之诗、中国之词，成为师生间情志交流、心灵沟通的特殊工具。

（三）中国大学兼课点滴

1941年12月燕大被封校之后，私立中国大学校长何其巩特聘滞留北平不肯接受日伪大学聘任的名教授前来任教，于是父亲自1942年春开始，兼任中国大学的课程，在这里先后讲授“唐宋诗选”“词选”“曲选”“文学批评”等。

学生李稚甫印象最深的是顾随老师的“唐宋诗”，他生动地记述了一次课：“1942年冬，一次大风降温……教室外朔风怒吼，把窗户纸刮得一条条的；教室里炉火无温，风比室外小不了多少，简直待不住人……羡季师准时地走进教室”，以他气定神闲的学者风度，庄重不苟的敬业精神，精湛入情的课堂讲授，把学生们从“朔风怒吼”的严冬带入了古代诗篇的境界中。“同学们在他的精神感召之下，也都投入了唐宋诗的境界。这次课一气呵成，课间也没休息，完成得十分出色。”（李稚甫《羡季师讲课二三事》）老师动人的课堂讲授往往使学生在听课中进入忘我之境。王翁如选修顾随老师的课，他说："有一次我发烧头疼了，看看功课表，下午是老师的'唐宋诗选'，我还是抱病去了。听完两小时课，把发烧忘了。回到家里也不觉得头疼，心里倒非常痛快。"（王翁如《纪念顾随老师》）

中国大学地处闹市，在当年的北平城里，绝非燕园式的"孤岛""桃源"，但父亲在中大的讲堂上与在燕大一样，仍时时用着隐语、双关语来传达故国之思、救国之意。1942年暑假期间，父亲的好友、燕大同事，后又同在辅大、中大任课的董鲁安潜出北平，投奔敌后抗日根据地。父亲得知消息后，为赋《净业湖边作》七律一首。秋季开学，元曲课上，父亲上堂，先拿起粉笔把这首诗写在黑板上，然后面对窗外，将诗稿朗诵一遍之后，又深情地再诵最后一联——"猿鹤虫沙都已矣，有人夜半出函关"[1]，接着说了一句，"你们的董鲁安先生上山当和尚去了"。学生们悟得出此言真意，"上山当和尚"不过是一个隐语，老师是在向弟子们传递着"最机密的革命信息"（李稚甫《羡季师讲课二三事》）。前所述及之《解闷六绝句》其六也是为此以隐语而赋的一首述怀之作，诗中称董鲁安为"丈夫""奇士"。

父亲在中大任课之时，已是抗日战争后期最艰苦的岁月。1943年春末，父亲的《花落后重游园中有作》五律有句"但有生机好，

[1]"猿鹤虫沙"典出《抱朴子》，比喻战死的将士或死于战乱的人。"出函关"用孟尝君自函谷关逃出暴秦国境之典。

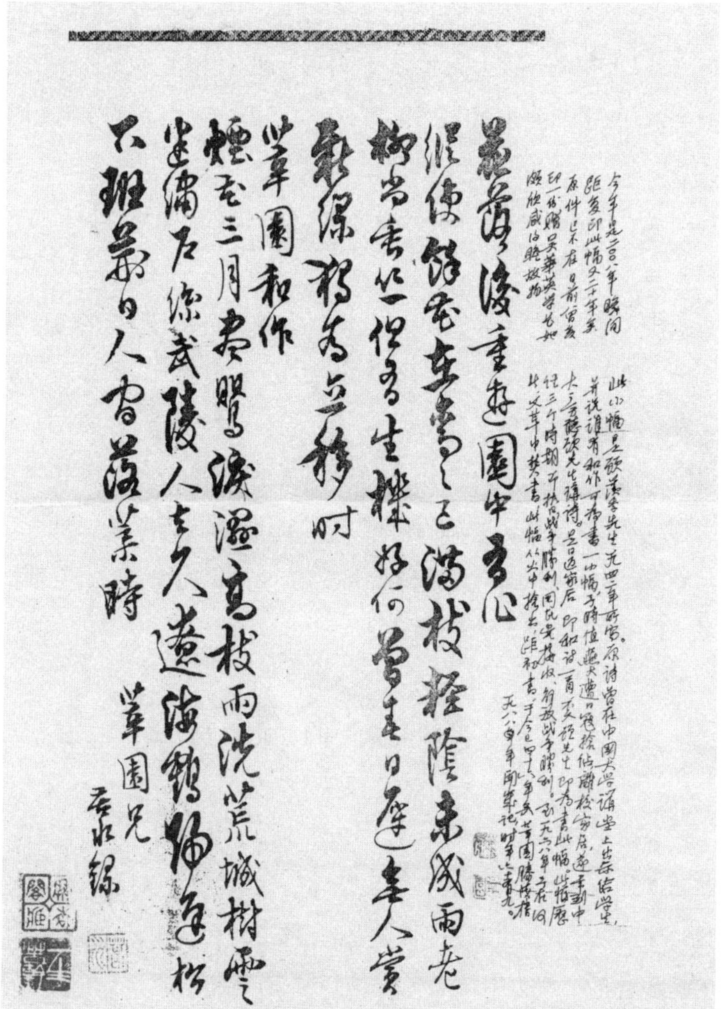

《花落后重游园中有作》唱和诗（右侧小字是滕茂椿两次所书跋语）

何曾春日迟”，将抗战必胜的信念与自己“忍死望恢复”的坚定情怀寓于大自然的一片生机之中。“诗选”课上，他把这首五律介绍给学生，并要求学生和作。为了鼓励学生练习写作，更为了师生间的心思交流，他提出凡和诗好的，都将为之书诗作一小幅相赠。旧日燕大弟子到中大旁听的滕茂椿将和作呈交老师，果然得到老师书赠的墨宝，珍藏至今。

中国大学的课堂，亦如燕大、辅大的课堂，吸引着众多的青年学子。当年在中国大学旁“听过顾先生四个学分的课”的邓云乡著文说，自己“读过两三个大学”，再加上到各校旁听，“在我所听过的众多的名教授讲课当中，……顾随先生则无疑是绝对冠军”，老师“风度仪表好，功架作派好”，“显得热闹生动”是次要的，“更重要的是他的文艺见解和学养高”，有“高的境界”。（邓云乡《文化古城旧事·羡季先生》）

（四）“顾随式”的“跑野马”

父亲上堂传法，古今中外，文史哲禅，诗内诗外，旁征博引，雅正而通俗，严肃而诙谐。“跑野马”是当年人们对他讲课的美誉。在这里，我想试举一个完整之例，展示“顾随式”“跑野马”的美妙绝伦。

讲《诗经》，必然要讲孔夫子论《诗》之“诗三百，一言以蔽之，曰思无邪”。何谓“无邪”？他说，所谓“无邪”，与宋代理学家所说之“正”不同，“宋儒所言是出乎人情的，干巴巴的”；“而程子解释‘思无邪’最好。程子云：‘思无邪’者，诚也。”“说‘无邪’是‘正’，不如说是‘直’，未有直而不诚者，直也就是诚。”讲到这里，他插入了关于汉字形、音、义三者关系的知识——“直、真、诚，三字双声”，“真与直音形义俱相似”，接着引用《易传》中之“修辞立其诚”，言“以此讲‘思无邪’三字最切当。诚，虽不正，亦可感人。”底下“野马”“跑”得更远了：

说到强盗诗：“‘月黑杀人地，风高放火天’，此极其不正矣，而不能不说它是诗。何则？诚也。”

说到打油诗：“打油诗，人虽极卑视之，但也要加以诗之名，盖诚也，虽则性有不正。”

说到释迦牟尼说法所言之“真语”“实语”“如语”“不诳语”“不异语”，又插入一句对“如语”之“如”字的解释：“如，真如之意，较真（truth）更为玄妙。”——连英文单词也用上了。

说到《尚书·尧典》中的“诗言志”，谓“志”即“诗意”，诗之第一步也；而创作，乃诗之第二步，此第二步即老杜所谓“笔落惊风雨，诗成泣鬼神”。这里他又引用古代诗话再解如何才算是“惨淡经营”。

四层讲下来，方回到孔子所谓之“思无邪”，从“诗法”与“世法”之不同展开论列：“‘月黑杀人地，风高放火天’，是直，事虽邪而思无邪。”何以言其“思无邪”？此乃“世法与诗法之区别所在”：“在世法上讲，不能承认；在诗法上讲，可以承认，诗中的是非善恶与寻常的是非善恶不同。”为阐明二者之不同，他举了鲁迅先生批评下野军阀“模仿陶渊明文字句法”为诗的作品，以为“其诗绝不如‘月黑杀人地，风高放火天’二句也”。这样严肃的一例之后，他又幽默地举出自己在乡间所见小酒肆的对联：

进门来三杯醉也

起身去一步歪邪

以为“此虽不佳而颇有诗意，盖纪实也”。又举另一小酒肆之对联：

刘伶问道何处好

李白答曰此地佳

以为此虽不如前者，但“下野军阀的仿陶渊明诗还不如村中酒肆对联这个味儿”，结之曰：“故说诗的是非善恶不是世俗的是非善恶。”

如此这般一路讲来，对“思无邪”三字还能有比这再透辟入理的解析么？更何况其中包含着多少经典、多少作品、多少知识、多少见闻！据此一例，尝鼎一脔，“马”跑得畅快淋漓，看似任马由缰，却无一句一字是逸出讲课内容之外的空话废话。“顾随式”的“跑野马”实为一般人难以企及的课堂讲授艺术，它基于渊博的学识、深湛的修养、闳阔的思趣以及开合有致的语言表述。这样的讲课，正如叶嘉莹教授所说，是“全任神行，一空依傍”，“旁征博引，兴会淋漓，触续发挥，皆具妙义”（《顾随文集·代跋》）。然而也正如叶嘉莹教授所说，“如果没有知识的积累”，则“不能尽得其三昧”（《顾随全集·序》）；“如果只欣赏其当时讲课之生动活泼之情趣”，则“不免有买椟还珠之憾”（《顾随文集·代跋》）。

（五）诲人不倦的习作指导

父亲认为，国文系的学生必须有文学创作的实践。作为老师，他对弟子们的爱护扶植，课堂讲授、课外活动之外，还表现在为学生诗词曲文习作的评改上，同在中学任教时一样，字字句句段段篇篇，批改评点。

许多学生珍存着老师当年评改的习作，保留着老师一片心血凝聚的修正与评语。20世纪八九十年代，白头弟子们的忆念文章也无不忆述着这一切。

弟子叶嘉莹一如珍存听课笔记，珍藏着老师为她评改的习作十五纸（包括诗词曲作五十七首），均为八开大型竖行稿纸，墨笔小楷书写。老师的评改逐字数去，竟有六七百字之多。好句旁有圈

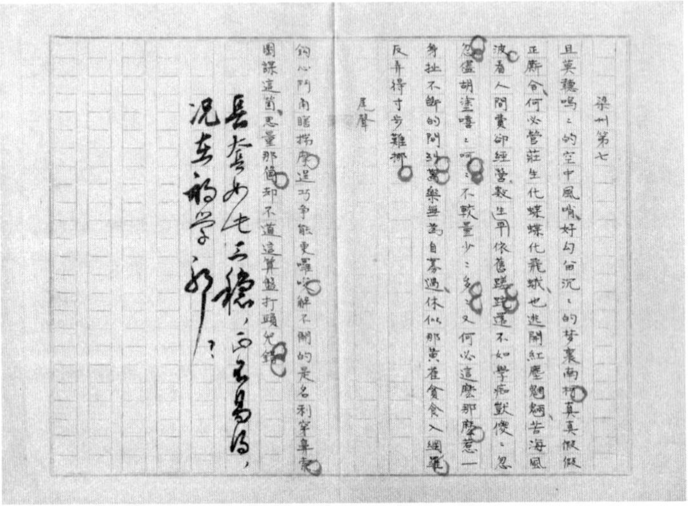

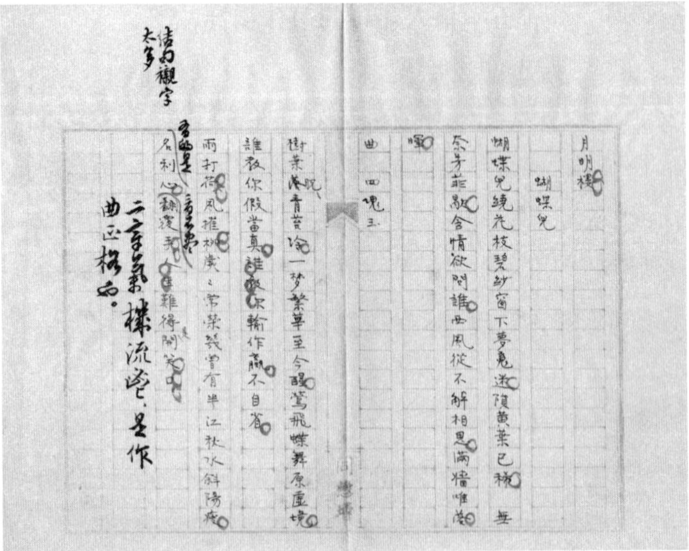

批改刘在昭曲作

点，有评赞；每首有总体的评点，也有字句的修改，还有对写作方法的指导。叶嘉莹说："先生对遣辞用字的感受之敏锐，辨析之精微，可以说是对于学习任何文学体式之写作的人，都有极大的助益。"（《顾随诗文丛论·序言》）这些资料已收入《顾随与叶嘉莹》一书，可参看。本文只拟从几个不同侧面，综观"顾随式"习作评改的独到之处。

其一，宏观的把控，高及于对弟子人生岁月的关切与指点。叶嘉莹以一首小令《忆萝月》悼念亡母，情辞过于惨戚。老师评语直嘱弟子："太凄苦，青年人不宜如此。"另一纸习作上肯定弟子诗词曲之功底，鼓励弟子："青年有清才如此，当善自护持。勉之，勉之。"这些对弟子一生之做人都会产生不可估量的影响。

其二，微观的关照，直触到细如毫发的文字表述。朱家溍晚年口述自传，忆及顾随老师对自己词作的评改。他说自己的两首词中有句，"御沟西，宫墙柳，寒枝瘦"；"隔院遥闻笙管，魂断，低唱袅晴丝"。老师肯定初学者可以借用古人辞藻，但强调用得必须恰当，指出他前首以"寒枝瘦""形容柳树是不恰当的"；次首"既是'隔院'，又是'遥闻'，当然是相当远了，怎么又是'低唱'呢"（《顾随老师对我的训诲》）。如谈家常，直抵肯綮。

其三，一字之易，一句之移，石化为金。戚国淦学宋词，"有一次忽发奇想，将英国诗人雪莱的一首《挽歌》译成《菩萨蛮》送呈批阅"。"竟夜怒云堆，惊涛空泪垂"二句，"自己也不满意”，却“无力改动”。老师发还时，“堆”改为“稠”，“垂”改为“流”，“竟夜怒云稠，惊涛空泪流”，变板滞为流畅，画面感与动感大增。弟子敬佩老师“确有点石成金之术”（《顾随先生的词选课》）。刘在昭七绝《晓意》前两句“响角城头片月孤，寒风作意倾冰壶”，老师评改时，将二句顺序做了颠倒，“寒风作意倾冰壶，响角城头片月孤”，环境与人事的交融更为贴切、自然，而境界自出。

其四，有针对性地加以引导。上课不久，老师就发现刘在昭习作与性格一样，有着“工稳”的特点，于是多次评语中肯定弟子此长，“此意工稳圆润”，“长套如此工稳，正不易得，况在初学耶”……同时暗暗为弟子使劲，发现弟子之作情深辞美之时，以“颇似义山”鼓励之；见到生动明畅之时，以“气机流鬯，是作曲正格”奖掖之；见到弟子创作过求整饬工稳，以“所作诸曲，亦见刻意求工，惜出语未能自然”惋惜之；……这些评语会引起弟子怎样的感动，后人难以想象，唯弟子珍存一生的几十万字有关老师之各种文稿笔记资料，正是师生情意之见证。

其五，关注从学的每一位弟子。卢绍真之元曲习作，以曲牌《一半儿》吟咏日常生活，写了两首小令。他说自己当时连平仄格律还没有掌握好，所作“是大白话，好像打油诗、顺口溜”，呈交作业“心里惴惴不安”。而发作业时，老师从“写自己的实感”“写生活中的真情”之角度，说“这两首就很好”，给了他意外的惊喜，从此“对曲产生了浓厚的兴趣”。至1990年回忆及此，

他仍深情地说："难忘顾老师指引我迈进元曲之门。"（《先生之风山高水长》）

父亲之所以能达到如上境界，关键在于他从不以评改习作为必须履行的任务，而是以之为一个文化传承者的天职。他并非"乐"此不"疲"，他常常因此感到极度疲乏，但传承文化的责任感使他不允许自己放弃这份天职。评改习作对于一个大学教授，几乎可以说是一项微不足道的工作，而父亲同样表现了作为"人师"而非仅"经师"的品格。

（六）"见过于师，方可承受"[2]

周汝昌先生在1979年著文称：

顾先生当年循循善诱，最不赞成学生"随人脚跟""亦步亦趋""师云亦云"，无所发明，无所前进；最喜欢青年学生能提出不同见解，常常引用禅宗的话头"见过于师，方可承受"来鼓励学人。相互启发，切磋，是顾先生引以为最大快乐的事情。《顾随讲〈文心雕龙〉·代序》）

[2] 此语本于《景德传灯录》"见过于师，方堪传授"，此处乃依父亲致周汝昌函中语。

早在1942年6月师生通信之初，老师就向弟子汝昌说：

……苦水遂不欲以一日之长自居矣。呵呵！禅宗古德曰：“见与师齐，减师半德；见过于师，方可承受。”然哉，然哉！

传达了弟子一定要超过老师的冀望。

1946年7月，父亲给弟子叶嘉莹的信中有一段经典性的话语：

……不佞却并不希望足下能为苦水传法弟子而已。……不佞之望于足下者，在于不佞法外，别有开发，能自建树，成为南岳下之马祖；而不愿足下成为孔门之曾参也。

更显出一位“人师”的胸怀气度。

在辅仁大学的课堂上，父亲对禅宗见解做了更明畅深彻的阐释：“不能不佩服禅宗，便是他总希望他弟子高于自己。”“‘见与师齐，减师半德’……成就较师小一半。你便是与我一样，那么有我了还要你干么？‘见过于师，方堪传授’。……禅宗大师希望弟子比自己强，是为‘道’打算，不是为自己想；只要把道发扬光大，没有我没关系。”进而，父亲有更通俗而生活化的解说：

如师有十成，学师得之者不过七八成，再传则所得越来越少。……不是老师教什么会什么，须是从师说外自己更有所得。

有的大师老怕弟子胜过自己，其实你不成，显摆什么？成，自然不会显不着。……再一方面，弟子好，先生不是更好？只要心好，水涨船高。

他甚至看得更远："天地间无守成之事，学如逆水行舟，不进则退。不但宗教、文学如此，民族亦然……"待到父亲晚年进入新社会，这种理念有了更新的表述：青年人总要胜过老年人，"惟有后来居上，乃是……放诸四海而皆准底规律，若不如此，不独无进步，无进化，即人类之灭绝亦已久矣。"

为了能超越老师，父亲指引弟子们"转益多师"。弟子从他学词、学书，他于词强调："宋词如欧阳、稼轩是我之师，学我何如学我师乎？"于书则曰："正宜勉力读帖、临帖，久而久之，自有一番悟入，亦自有一番受用"；且现身说法以示弟子："不佞从老师（沈尹默——京注）学书，学其所能学，其限于天资不能学者，即亦不强学，且别寻补救之法"，即揣摩、临写"晋唐诸贤法帖"；"老师之书亦自有其所学，不佞则又刻意于老师之所学"。……

父亲不仅强调向古人学习，同样强调向现代人学习。这有弟子杨敏如晚年忆及从顾师学词的一段旧事，说来甚是有趣。那是她在燕大读研究生的时候，一位研究周邦彦的张先生对她说："不要跟顾先生学词了，越学越坏，你跟我学周邦彦……”而父亲对杨敏如说的是：“你愿意跟他学也行，不愿意跟他学也行。”“但是你去淘换淘换他的那点本事也不坏，人总要‘博’，你不能说他的那一派你一点都不听。……”（《我与恩师顾随先生的“缘”》）

这些指引学生学书、学词的只言片语，其精神实质却是可以用来学习任何一种学问的。正是这些源于古典又极为先进的教育理念，成就了顾随作为“人师”的一生，使他的门下走出那么多在不同领域胜过老师的著名专家、学者、作家，他也因此赢得了“教授的教授”“大师的大师”的赞誉。

第六章　抗战胜利后与古都黎明前

（一）胜利的欢欣

1945年8月15日，日本侵略者投降，中国人民赢得了抗日战争的伟大胜利，父亲把胜利的兴奋、喜悦、快慰写进诗歌中：

吟诗廿载咽寒蛩，一事还堪傲放翁。病骨支床敌秋雨，先生亲见九州同。（《病中口占四绝句》其二）

父亲学诗自宋诗入，对放翁之作，喜爱中含着敬佩，他赞放翁“有豪气”，“精力充足之极”，《示儿》“写得真悲哀”，“个个字皆响”。父亲此时尚不满五十岁，已是衰病如寒蛩，但得以“亲见九州同”，终天之幸，幸于放翁。另一首《十月十日得廿八字》：

九月天高未陨霜，无边风日近重阳。辉煌金碧前王殿，万众欢呼看受降。

父亲在沦陷时期的诗词时以旧日宫阙作为故国威仪的象征，如今太和殿这座“前王殿”，辉映在九月的艳阳中，“前王殿”不只是受降地点的代称，普天下的光明、庄严、热烈汇聚于此；“万众欢呼看受降”，中华民族的自豪充塞天地间！

1945年的秋季，国民政府在北平接见古都沦陷期间坚持操守的忠贞之士，父亲是被接见的爱国教授之一。另据旧日报纸载，同年入冬，父亲作为“故都教育文化界忠贞人士”得到了“冀热平津救济分署”致送的“麦粉一大袋”。

1945年的暑假，家里充盈着我从未经历过的欢快，父亲一扫八年来的阴郁，带我和之燕、之平三个小女儿去北海玩，去什刹海散步，在书房里给我们读鲁迅翻译的旧俄班台莱耶夫的小说《表》，读鲁迅的《故乡》《狂人日记》《阿Q正传》……还教会了我们三个打麻将；两年前已酝酿于心的一部中篇小说《乡村传奇——晚清时代牛店子的故事》的写作也提上了日程。

随着抗战的胜利，当日南下的师友弟子陆续返回北平。1946年4月17日，父亲迎来了“八九年来殆未尝有此意趣”的一次欢会——老师沈兼士先生北返任职，是日“邀看花东昌胡同寓中”，并“以默师所书”山谷诗“摄影片见赐”，师生赏字画、“玩佳花、饮美酒”，确是自1937年沦陷以来不曾有的欢聚、兴会。归来翌日，父亲赋七古二首《看花用山谷次子瞻韵》，“谢兼丈且将寄呈默师”。第一首“玩佳花”中，饱含着抗战胜利的欢快，“谢兼丈”中献上了对老师的深心祝福。第二首书拜赏默师赐片之感，追怀昔时从恩师受教的往事，既是一首论书诗，又是一首忆旧抒怀诗。两首长篇七古是苦水诗中极具历史、文化、学术价值之作。

《乡村传奇——晚清时代牛店子的故事》之写作，因课业繁重，至抗战胜利后的第二个暑假完稿。这一个暑假，我们三个小女孩儿更是过得开心，父亲总是每隔一两天就招呼我们三个到他的书房，给我们读几段他新写的小说。小说以故乡旧事为背景和素材，活动着形形色色、各具性格面目的人物，展衍开纷纷繁繁、饱含土韵乡情的场景，父亲用了家乡话给我们朗读，我们三个生在长在古都的孩子，围簇在父亲身边，随着父亲的乡音，似乎一步步地回到了晚清时代那穷乡僻壤却又如诗如戏的故乡。在父亲出神入化的朗诵中，我们享受到的不仅是生动的故事，更是浓浓的父爱。

（二）南官坊口寓所的两张家庭照

抗日战争的胜利并没有改变我家的清贫。父亲这时年届半百，仍是奔波于几所学校授课。从这张1947年初夏的全家照（大姐、二姐已出嫁），已可略见当日生活的清苦。

照片的背景是我家住的南官坊口二十号院西侧那三间北房，照片左上角可以看到有一根长竹竿支起的布帐子一角，布帐子是用旧

1947年夏摄于南官坊口寓所

面口袋洗净之后缝起来的；帐子下面是做饭用的小煤球炉，有了这布帐子，做饭时就可以遮阳挡雨。遇到下大雨的时候，即使天气再闷热，煤球炉子也得搬进屋里去。照片的左下角可以看到一口蒙着白细布的小缸，那是母亲按老家的方法晒制的面酱。自从搬到南官坊口以后，母亲每年夏天都要晒上两缸酱，买不起什么好吃的，那酱抹在烤过的窝头片上，成了秋冬两季的美味。照片左侧遮挡屋门的大竹帘，尽管旧照片已不大清晰，但依旧可以看得出它的破旧，我不知道那竹帘已经使用了多少年，每年入夏以前，母亲和三姐都要把竹帘铺开在一个临时支起的架子上，连缀上边已磨断的线绳，重新缝补已磨破的帘边包布。这就是当时一个大学教授生活的一角。

我们姊妹六个，大姐之秀1941年冬出嫁到天津，二姐之英1947年春出嫁到上海。1948年夏，大姐、二姐带着她们的第二代由津、沪回北平娘家，这使父母十分欣慰。在这难得的团聚的日子，留下父亲和她们在住室石阶前的合影。

父亲面带笑容，二姐刚刚四个月的儿子李沪生坐在他的腿上，父亲的右侧站着大姐的长子孙经武，左侧是大姐的次子孙绳武，绳武的一只小手放在了外祖父的膝上。父亲身后站在低一级台阶上的是大姐，高一层台阶上是二姐。1953年父亲移居天津后，大姐得以时时来家探望、问候，父亲1960年重病卧床时，又得亲奉汤药；而二姐这却是最后一次和父母团聚。二姐夫李朝魁是国民政府空军军官。父亲当年一向不喜与军界、政界人士交往，何以

1948年夏摄于南官坊口寓所

为爱女择军人为婿？李朝魁是父亲早年山东好友李泰棻的堂侄，这只是结识的因由，决定因素还在于女婿本人。他是一个爱国军人，报考军校选入空军，在美国学习飞行，抗战中在缅甸作战受伤。他有山东汉子的豪爽与正直，又有留学生的清醒与儒雅。他给老泰山从上海空递来北方极难见到的二十卷红皮精装本《鲁迅全集》，还能在信里写上两三首词，寄给老泰山请求指教。二姐夫高大英俊，二姐漂亮而艺术，这本是一桩美满的姻缘，谁能料想，却以弥天之恨作结。李朝魁是国民政府空军中反对内战的进步力量，解放战争时期被派往张家口一带执行轰炸任务，他带领机组把炸弹投到没人的山沟沟里。机组还秘密酝酿驾机起义的计划，可能有所泄露，而被视为“危险分子”受到监视。二姐此次返回上海后，父亲十分挂念他们，书信更为频繁。至1948年岁末，通信往来已不正常，几天接不到来信，父亲就忧心忡忡。12月30日，父亲日记中记：“不得沪上消息，甚怏怏。”1949年初，二姐因属“危险分子”家属，先于二姐夫被胁迫去了台湾，从此以后两处再无音信往还。直到1957年4月17日，《人民日报》上报道了一则消息，我们方知二姐一家最后的惨剧：报载国民党空军中校李朝魁的妻子“在贫病交迫中死去”（这一年，二姐仅有38岁），李感到既无生趣，“精神更受重大刺激”，竟与三个孩子一起服毒自尽，全家只有长子一人被发现后抢救侥幸活了下来。当时四姐之燕已在天津工作，见了报纸立刻请假赶回家来，把家里订的当天的《人民日报》藏匿起来，谎称丢了，想封锁这个消息，担心父亲承受不了这巨大的不幸。直到父亲去世，我们全家都以为是成功地瞒过了他老人家。多年之后，我才偶然从旁得知，父亲当年早已知道了这不幸的消息，还曾辗转托友人、学生暗暗打听外孙李沪生的下落。父亲当年深解家人的苦心，索性也不把事情说破，默默地承受着丧女、丧婿、丧孙的剧痛。

（三）“只图遮眼”

抗战胜利的喜悦与兴奋在父亲心底并没有维持多久。国民政府专制黑暗，再燃内战烽火，使父亲的兴奋变成失望，欣喜变成忧虑。他忧心国家民族的前途，却又自感无能为力。大约是1948年初的冬天，一个星期日，我到父亲的书房玩，父亲让我找一片厚一些、硬一些的纸和一根竹签，为他做一面小旗。我找到一张墨绿色的麻面厚纸，向姐姐们要了一根织毛线用的竹签，很快给父亲做成了一面横七八寸、竖三四寸的小旗。父亲很满意，提笔蘸墨，在小旗上书写了“只图遮眼”四个字，再把小旗插在了书桌前的窗台上。坐在桌前，小旗正好挡住外望的视线。我当时只认为父亲是用来挡住透过玻璃窗射进来的刺眼的阳光。及至年龄稍长，我才了然于父亲的深衷，他是借此挡住视线，一举双关，遮住外面的腐朽与黑暗，他再也不忍心去看那满目疮痍的祖国了。

这时，为了生计，父亲又兼任了北京师范大学的课程，讲授词选、曲选。师范大学地处和平门外，距父亲卜居的“前海之后、后海之前”的寓所，在当年交通不便的古都，由北城直下南城，算是有相当的距离了。有幸的是，他的课与挚友冯至的课安排在同一个下午，一对好友每周课前课后得以晤面，开怀一叙，既可纾解来往路途的劳顿，更使父亲郁郁的心情得以开解。

（四）中法大学三讲鲁迅

父亲在中法大学讲课以外，三次举行学术讲座，大讲鲁迅。

第一次在1947年2月2日，中法大学北返复课刚刚三个多月，文史学会举行学术活动，师生们还沉浸在光复胜利的欢快之中，又正值农历丁亥年开岁之初，父亲以“小说家之鲁迅”为题，做了一次充满“诗意”的讲演——论鲁迅小说之“诗意的描写”。讲演在波浪起伏的节奏中步步推开、层层深入，高度评价了鲁迅作为小说家的创作成就；同时阐明了自己小说创作的美学理念——小说中“诗的描写与表现是必要的”，但这并非是用诗化了的大自然来“帮忙与陪衬”，小说是写人生的，要将“小说中人物的动力”和“人生的色彩”“一齐诗化了而加以诗的描写与表现”，而且“所有的动作、生活，也必然都是诗，无论那生活与动作是丑恶的或美丽的”，只有做到了这一步，才是小说创作的最高境界。而鲁迅小说之成功处亦正在此。

父亲的另外两次讲演均已是古都黎明前的时刻，并讲稿与讲授大纲均早已不存，仅见于日记中寥寥数笔的点滴记述。

1948年10月17日，接到学校的邀请，20日下午“将讲词大纲写出”，“晚间出席中法鲁迅先生纪念会”，做“题为‘我所看见的鲁迅先生’”的讲演。父亲一生不曾与鲁迅有过直接接触，他曾说“我并不认识鲁迅，虽然在北大上学时曾遇见过他，也并没有谈过话”；“但平生以私淑弟子自居，高山仰止，十分钦慕”。黎明前的暗夜，父亲所“看见的”鲁迅先生，绝不会是风度仪表之类的外象感受，必定是对鲁迅先生精神思想之所见。父亲在日记中说自己对讲演“尚满意”，“听众亦受感动也”。

三个月后的1949年1月27日，父亲应学校之请，为寒假期间未得离校的学生做一次讲座。特殊的历史背景下，“学生出席者有十人左右”，父亲以他一贯的敬业精神以及对鲁迅先生的钦敬，“为讲鲁迅之作风二小时”。他所讲的鲁迅之作风，绝不会是如1947年那样的“诗意的描写”，我想，定是那次所提及的“先生爱人生，是将人生抓住了不撒手，叼住了不撒嘴”，“步步为营，变成了战士，扎硬寨，打死仗，直至于死”的精神。

三天之后，北平宣布和平解放，2月2日，人民解放军开进了古城，父亲以自己的方式——大讲鲁迅——来迎接古都的解放。

（五）“两三竿竹不堪看”

进入1948年以后，家里的经济状况愈发艰窘，父亲已经交不起每月的房租，他不得不向辅大校方开口，要求解决一家人的住房。

这是父亲一生第一次也是唯一一次向任职的学校提出个人生活方面的要求。1948年10月30日，我家搬进了属于辅仁大学校产、地处恭王府花园对门的李广桥西街（今之柳荫街）八号。

若说父亲有“家产”，那主要就是书，所谓搬家，其实主要就是搬书——父亲的书捆成大大小小不知多少包。搬家那天，雇来的排子车拉走了行李家具，辅仁大学国文系学生自告奋勇前来帮忙搬书，“凡零件小包即手提肩扛携至新寓”。如今想来，成行搭伙的青年学生“手提肩扛”大包小包书籍，抄近路行走在从南官坊口到李广桥的一条小河沿上，那搬家场面，在当日的古都也算上一景了吧！父亲对此十分感动，记入日记，且特书“至为可感”。

新居是一座小四合院，学校把它分给我父亲和经济系一位魏教授合住。我家住里院北房五间、东房三间。房舍虽由南官坊口的六间增至八间，但民居比不得“朝房”，低矮而狭窄，居住面积显然小了许多，父亲不免感到“屋宇逼仄，周检无地”，但“系校产，可以不忧催租”，“省却不少之扰攘”。

民居又一项比不得朝房之处在于，朝房面对着两棵高大的古槐，而新居的小院落青砖铺地，一棵树也没有，只在院子的西南角有一小丛并不茂盛的绿竹。庾信《小园赋》有句：“一寸二寸之鱼，三竿两竿之竹。”父亲变庾赋之句，咏出“一二寸鱼那可得，两三竿竹不堪看”一联。“一二寸鱼”“两三竿竹”本是庾信小园清景，而父亲各缀以“那可得”“不堪看”三字，境界大变。父亲将新寓书斋定名为“三两竿竹庵”，对此联则“懒于凑成一首七律也”。

1948年底摄于李广桥西街寓所，身后就是那稀疏的两三竿竹

“三两竿竹庵”，一个富于诗情画意的斋名，但父亲初入此庵头三个月的生活，真是没有一丝诗情、半毫画意，有的只是受不尽的搅扰，捱不尽的欺压。那正是古都北平黎明前最黑暗的时候，物价飞涨，官方勒索，败兵骚扰不说，院子里还有过人死、停尸之事。

那是1948年12月24日，西方的平安夜，国民党败兵中一个小头目，携眷属强令院中腾房一间居住，及至第二天清晨，“夫妇二人，均中煤气救治不及双双毕命”，“尸陈外院檐下”，“傍夕始运来棺两具……殆北平人所谓‘狗碰头’者”，“由余处借去椅凳四事，停于二门之外”，26日“午间兵士始将双槥移去”。……如此种种，不唯当日“不堪看”，即今写来，我仍觉后背发凉，“不堪忆”，大约后来读者亦觉“不堪读”也。

父亲前半生虽没经太平盛世，但也从没经历过如此的“魔”难。在这种境况中，父亲仍能潜下心来，在书斋里为《世间解》月刊撰著了《揣龠录》的最后两章，为辅仁大学学生寒假的讲习班撰写了两万余字的讲稿《韵文普说》。看似陶公所谓“心远地自偏”，超脱于世事之外，其实，如果不是黑暗行将退去，东方已现晨曦，父亲在精神上、身体上无论如何承受不了如此这般轮番的恶性“轰炸”；如果没有对教学事业的执着，没有对中华文化的忠诚，也无论如何写不出这足堪传诸后世的著作。

同时，还有一个至为重要的条件，给予父亲以有力的支撑——党的地下组织自1946年起即专门委派地下党员学生陈继揆、陈继昭兄

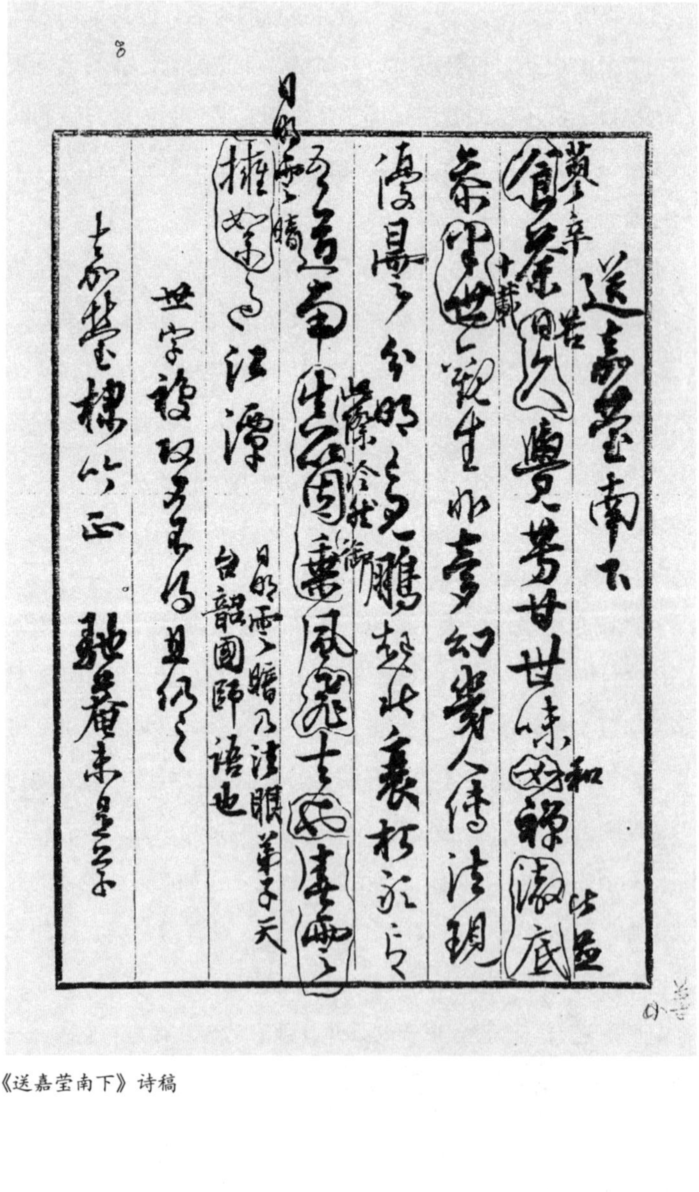

《送嘉莹南下》诗稿

妹二人，先后与顾随老师直接联系，向老师介绍当时形势，把进步书刊、文件送给老师。当时连我这刚满十二岁的小孩儿都见过，每周一卷封裹得严严实实的印刷品给父亲寄来，那里面是《晋察冀日报》；一册周作人的《秉烛后谈》，翻过前几页，里面的标题却是“论联合政府”，下署“毛泽东”三字；三姐之惠还告诉我，在家里快揭不开锅的时候，装着一小笔款项的信封从父亲书房的门缝里塞了进来，三姐知道，那是学校里地下党员学生悄悄送来，以解生活之燃眉。

当日，辅仁大学校内地下党的工作非常活跃。1948年12月15日，父亲“早八时到校”，即见到“揭示处有布告”——“署衔者为刘仁、叶剑英、林彪”等的“大学注意”：“保护外侨生命安全信仰自由；保护学校机关……”，然父亲未及看完胪列之诸条，布告即被人丛中冲出之人撕去，可见斗争相当激烈。

（六）胜利后与黎明前的创作与著述

1945年8月至1949年初这一段时间里，父亲的创作与著述并未因时间跨度短而成果少。韵文创作主要在诗，虽因未曾结集而不免散佚，于今辑得者也有百首之多。除前文述及之欢庆胜利、兼丈邀看花诸作外，值得注目者仍不在少数。如1947年“开岁五日”“分别呈寄各地师友”之七律四章，今可见多位友人、弟子的和作，父亲自己也是一和再和，足见父亲是如何看重这一组诗。具史料价值者如1947年“往访可崑君培伉俪”“纵谈入夜”“感念实多”之“短句四韵四章”，题《苦水诗存》与《苦水作剧》赠张中行之七绝、五律各一首。特别是1948年春《送嘉莹南下》之七律述怀，更具历史人文内涵，近年已成广为传诵之作。作于1947年春的《和陶公饮酒诗二十首》，并非一般的附庸古人、借酒寄兴，而是“意不在酒”，寄酒为迹，咏史、咏怀、纪时、言志，具有十分丰厚、难以品尽的内蕴。

1945到1948的三年，父亲积久未发之小说创作兴致勃然而兴，于是有了前文所述之《乡村传奇——晚清时代牛店子的故事》。小说发表于1946年12月新文化出版社编订的《现代文录》第一辑，小说中人物与生活都是“诗的描写与表现”，《乡村传奇》是顾随小说最具华彩之作。小说甫一发表，即有读者的评赞文章见于报端，弟子吴小如写有《读顾随〈乡村传奇〉》一文，从戏曲创作的特点论老师的小说，言小说里“有好几处是故事的高潮。高潮的起伏，恰如题目所示，是有着浓烈的戏曲色彩的”。仅引吴氏文章开端几句：

故事的开场……主角无疑是“大麻子”，却拉了一个会学口技的“比亚比扬”[1]做幌子、做序幕。……从那浪漫而又踏实的描写中，骤然被一片诙谐的烟幕所笼罩，却终于给读者带来了一阵幽寂的阴森，象征着一出悲剧的开始。

[1]“比亚比扬”，小说中的人名。象声，依“反切”读作两个音，即bià 、biáng。

文章最后又回应说：“这出传奇落幕时，我们还依稀听见那土地庙前比亚比扬的口技声……”小如先生对小说的总评价是“用笔那么豪爽，用心又那么精细”，小说“怡养你的情感”之力量“在那些风土人情生活习惯的琐细摹绘”，“每一段娓娓动人的絮语，活脱是一支支杂剧中的丽曲。寓凄凉于感慨，蕴壮烈于温馨”。1990年冯至老伯在《怀念羡季》中也曾道及，羡季是“忽然以惊人之笔写出长达三万余言的《乡村传奇——晚清时代牛店子的故事》，语言泼辣，情节离奇，辛亥革命前北方一个农村里的众生相，好像跟鲁

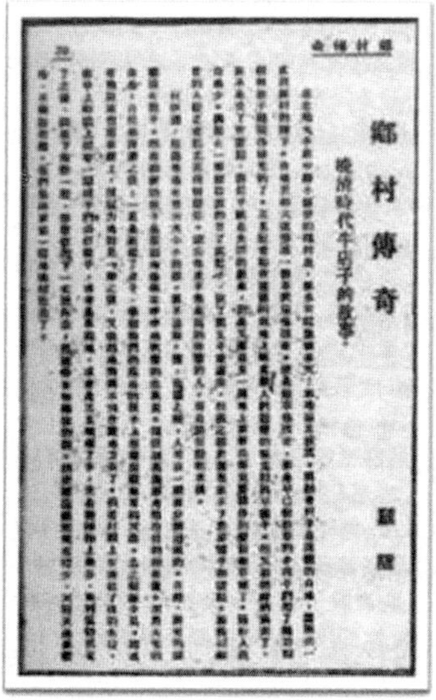

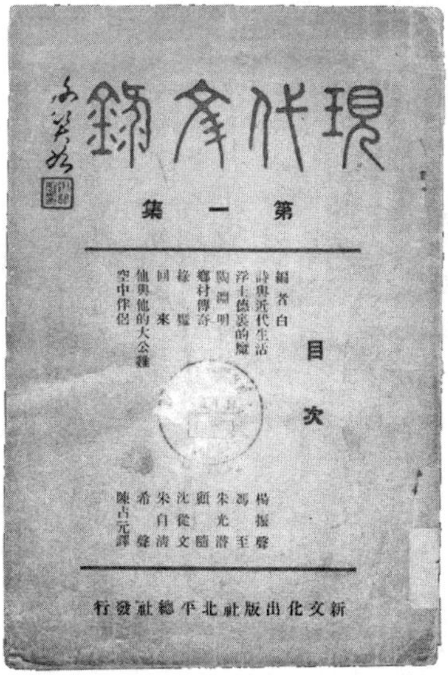

《现代文录》封面及《乡村传奇》首页

迅笔下未庄里的人物遥相呼应”。学者、藏书家姜德明2001年发文说：《乡村传奇》“这样的作品，理应引起研究现代小说史的人们注意”（《沈从文与〈现代文录〉》）。

《乡村传奇》之后，我原本不知道父亲还写有小说，近年查到1947年十月号的《中学生》刊有父亲的短篇小说《刘全福》（可能系据旧作改写）。无论小说的语言还是风格，均显得质实、古朴而凝重，明显地褪去了抗战胜利初期《乡村传奇》中的热烈与喧闹，浓重的泥土气息之中，含着悲怆的人生色调，写出了徭役重压下中国农民的苦难，拓展了父亲乡土小说的题材。

父亲是学英文的，他自1925年青年时期就出于兴趣开始翻译英文作品，这时，疲累忧思之余，翻译工作仍有时作为一种消遣，偶一为之。他把旧日据英译本转译的俄国安特列夫的《大笑》重修后刊发于《益世报·语林》（1946年1月2日）；数日后又写作并刊发了一篇《论安特列夫》的短文（1946年1月7日）。

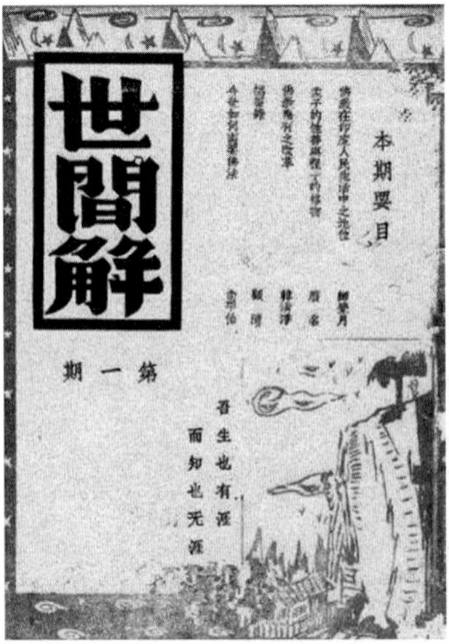

《世间解》封面

这一时期，父亲的两种学术著作在他的学者生涯中至为重要，一为前文提到的七万字的谈

《揣籥录》小引

禅之著《揣籥录》，一为两万字的谈诗之著《韵文普说》。

1947年6月，父亲应佛学月刊《世间解》主编张中行之邀，逐月撰写、连续刊登谈禅之著《揣籥录》计十二章，其中第十二章“末后句”因杂志停刊而未及发表。父亲坦言，自己并不是一个佛教信徒，他之学禅，是从中汲取人生的智慧、生命的力量。他是从禅家“勇猛精进”的人生态度，“割肉喂虎，刳肠饲鹰”的救世精神，学师超师的传承理念以及禅学与文学的关系诸方面来研禅说禅。张中行说："顾先生的笔下真是神乎技矣，他是用散文，用杂文，用谈家常的形式说了难明之理、难见之境。"（张中行《负暄琐话·顾羡季》）

《韵文普说》起笔自1949年1月5日，待2月4日结稿时，解放大军已入城矣。一个月间，父亲的日记中记有写稿情况者二十四天、三十处，并农历除夕亦不曾辍笔。试举其中数处，庶可见当日"不堪看"的社会状况及文稿写作情形：

（1月5日）……七内兄被派出伕，由六内兄与警局交涉作罢。……（写稿）进行颇迟……（六内兄是我的舅父徐锡三，七内兄名徐仲三，时年五十有三，正在我家暂住。——京注）

（1月7日）续写讲稿……至学校附近散步……购得苏格兰牌纸烟一包，价十七元，较昨日涨三元。

（1月9日）续写讲稿，得两页，行文说理俱甚自得。

（1月13日）续写讲稿，文字内容俱堪自肯，虽只得一页余，亦高兴也。

（1月14日）自读写得者一过，觉尚不空洞，文辞间有不妥处即随手改定。……苏格兰牌烟每包廿支，价廿八元矣。

（1月15日）……初不谓尚能写稿，及至拈管，文思泉涌，写得一页余而天黑不得不搁笔。（此时“灯火管制”，晚间停电。——京注）

（1月17日）继续写稿，文字之流利一如昨夕……然心脏簌簌作跳。

（1月19日）续写讲稿（心仍簌簌作跳）至第廿六页，毕第二讲。近午有兵士借火做饭，亦只有听之。

（1月20日）正写稿而保中人来催出伕，言语决裂，几成僵局……六内兄为向保中交涉，稍和缓。……心跳大作，一以写稿过劳，二以出伕事受刺激……

（1月21日）清早尚未起床，警局已有人来催出伕，当与魏君合雇一人，并洋一百五十元，且声明每间一日出伕一次，又一无可奈何之事。

（1月25日）有士兵来觅房……薄暮正写稿，果然又至……谓将明日来，稿亦不复能下笔矣。

（1月26日）续写，得两页。薄暮又有士兵来觅房，遣之不得，强令为腾出一间。

（1月28日）旧十二月卅日也。……续写讲稿，写竟第四十三页。

（2月2日）饭后写毕讲稿，计共得四十八页，字数亦逾两万，草草劳人，苦无佳趣，得此真可以自豪而且自慰者矣。

我之所以不避篇幅冗长，摘写如上日记，是因为父亲一生笔耕不辍，然如《韵文普说》之逐日记述写作进展及写作感受者，是唯一的一种。惜乎此写作于“不堪看”的特殊时代背景之下、且自诩为“中多发前人所未发”的学术著作，却早已不知散落何所，令人不胜唏嘘。

父亲一生论小说的文章不多，今所见者除前述论鲁迅小说者外，均系1948年夏日所作。写于七月中旬之《看〈小五义〉——不登堂看书札记之一》《看〈说岳全传〉——不登堂看书札记之二》，乃应弟子吴小如之请而撰述，并刊发于《天津民国日报》及《华北日报》，且因此得以完整存留。父亲对此二文之评价是：“字数逾万”，“似近于儿戏，顾其内容亦颇不空泛，若其纵横九万里、上下五千年，则固不佞之老作风，想不至为高人齿冷”。继之，又有《猪八戒论》《林冲论》先后刊于天津《民国日报》。

第七章　生活在新中国（上）

（一）迈入新生活

黑暗终于退去，北平迎来了崭新的日月。

北平和平解放以后，党的领导人接见北平高校的爱国名教授，父亲是中法大学被邀请的五名教授之一。那是1949年2月20日下午3时，地点是北京饭店，父亲在日记里记下了这件事儿：

（2月19日）下午得罗荣桓、薄一波、林彪、董必武、聂荣臻、叶剑英六人署名请柬。（时间明日下午三时，地点在东长安街北京饭店。）

（2月20日）二时过觅车赴北京饭店……晤及君培、平伯……。饭前首由林彪、董必武致辞，饭后则聂荣臻、叶剑英，……返寓已八时。

随着解放军的入城，许多新书也走进了古都。父亲任课之余读

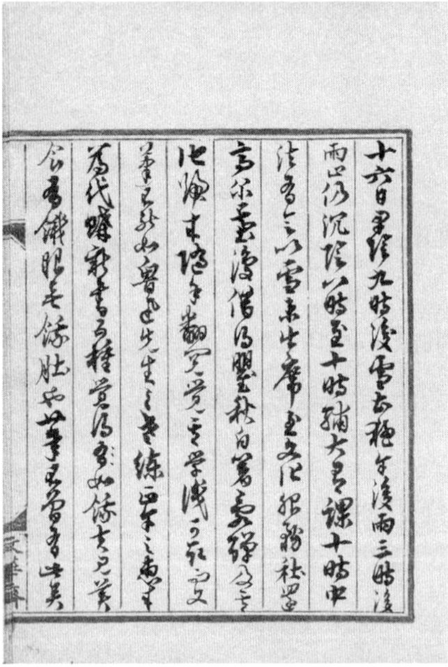

1949年3月16日日记

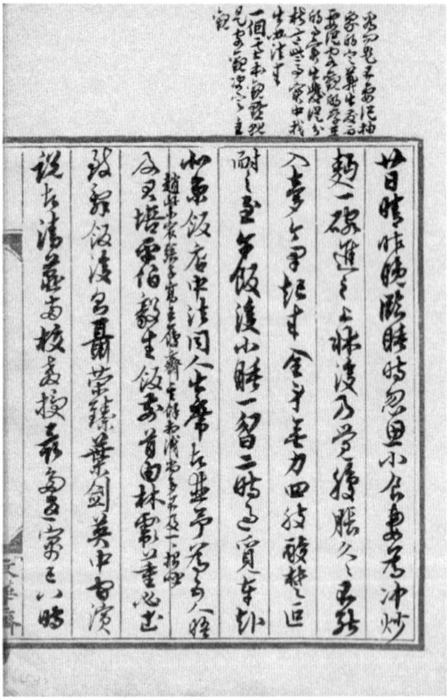

1949年2月20日日记

了大量新书，此刻他的读书用“如饥似渴”四字来描述绝不过分。文学、历史、哲学、政治，英文的、翻译的，仅1949年2月23日至4月10日这近五十天里，据日记记述他读过的新书有二十四种之多，而且有的书读了两三遍。他还把读书所获的新鲜感受随手记在书页上，或写在日记里。如“读日丹诺夫《苏联哲学问题》，此为第二过矣”，“原著者文笔明晰，思想正确，而译文亦足以达之”，“真予启蒙之书”；“毛主席《反对党八股》一文，日前曾闻君培推荐，归来读之，实为精警”；“到文化服务社借来《高尔基》一册”，“觉原作叙事甚生动，译笔亦明净，佳书也”；“复借得瞿秋白著《乱弹及其他》”，“觉其学识可取而文笔不能如鲁迅先生之老练”；“借来《解放区短篇创作集》一册，……其中有数篇颇刚健朴素，不谓之进步不可也”。……父亲以探询的目光，汲取新的营养，感到极大兴趣，获取甚多教益。

这时，父亲在辅大国文系的教学工作也出现了一些新面貌。他与中文系年轻教师郭预衡商定，嘱其组织学生的鲁迅研究会，研究会组成后，他告诉学生“宜由同学自动，予愿为赞助人而不愿为领导者”（1949年3月2日日记）。3月26日，父亲在课堂上为学生讲毛泽东诗词三章，此举乃应学生之请：此前一日，学生“高景云以毛主席诗词三章见示，嘱明日班上一讲”（3月25日日记）。在刚刚解放的古城，在一所私立大学的国文系，建议学生组织鲁迅研究会，特别是在课堂上讲毛泽东诗词，这真算得上是首例吧。

1949年6月，辅仁大学校务委员会成立

（二）因劳成疾

随着北平的解放，天主教会创办的辅仁大学也转为中国人自主管理。卅学初，学校成立了中国教员会，父亲被选为执行委员，随即又被推举为中文系主任、附校委员会主任。6月1日，辅仁大学成立校务委员会，主持全校工作，父亲当选为校务委员。

这张校务委员会成立大会的照片，后排左一是我的父亲，前排左三是到会指导的北平市军管会主任、华北高等教育委员会秘书长张宗麟同志，站在张宗麟同志左右的是陈垣校长和文学院余嘉锡院长。照片后排右一是军管会派驻学校的干部刘一凡，右三、右四均是曾在辅仁大学开展地下工作的同志。

父亲主持行政事务，有书生的特点，在系里，他谦称自己是“副末”登场，任课的各位教师才是“正末”；他答应学生邀请校外专家来系讲演，后来果然请来好友、诗人冯至讲“德国诗人里尔克”……；对附校委员会的工作，他则是事无大小认真对待……父亲是诗人、书生，他没有行政工作经验，又缺乏组织领导能力，他只是凭着对事业的忠诚奋力地工作着。父亲太劳累了，加之半生艰辛、长年病痛，至8月份已不能工作。他向亲近的弟子周汝昌倾诉：“月来心脏之疾大作，少食减眠，力弱气促，头眩手战，……深恐从此便成为病废人也，如何，如何！”甚至发出“死可拚，生无力”的绝望之叹。9月末，他住进医院。出院后，至年底病情更趋恶

1953年春末，与三女之惠、六女之京及外孙女曹典合影

化，以至昏迷在家，不得不住院抢救。出院后继续在家延医求药，中医西医，针灸注射……几十年来研读、著述、创作的书斋遂成疗疾病室。

三年大病，父亲在诗中自言是“三年病垂死”，直到1952年春夏之交，病体方稍见痊可，刚刚能在天气晴和的时候，到庭院里晒一晒太阳。一个星期日，三女之惠带了女儿曹典来探望外祖父，于是有了这病后第一张照片。照片的背景就是父亲在李广桥西街住所的书房“三两竿竹庵”。站在父亲身后的我，已经是北京师范学校幼师科二年级的学生。照片上看得出父亲的面容还相当瘦削，坐姿与神情也不似旧日之有活力。

（三）《竹庵新稿》

为了促使脑力、体力的康复，医生建议父亲可以恢复临池的日课，但“力戒作诗”，以免耗神劳心。父亲自幼喜爱书法，时常临碑摹帖。北平沦陷期间，他更以临池暂纾内心的苦痛，书法功力因之猛晋。此际，父亲认真遵从医嘱，每日临写章草两三次，每次不过半小时。最初虽只为恢复体力和脑力，但由于对临池的喜爱以及旧日碑帖研究的功底，同时校注了《邓文原章草真迹》，由于校注，进而又动手撰写书法专著《章草系说》。

盛夏之日，燕大弟子孙正刚携手录老师《濡露词》稿本前来探望，父亲一时兴起，于中伏酷暑之中，对词集点定、自注并作后

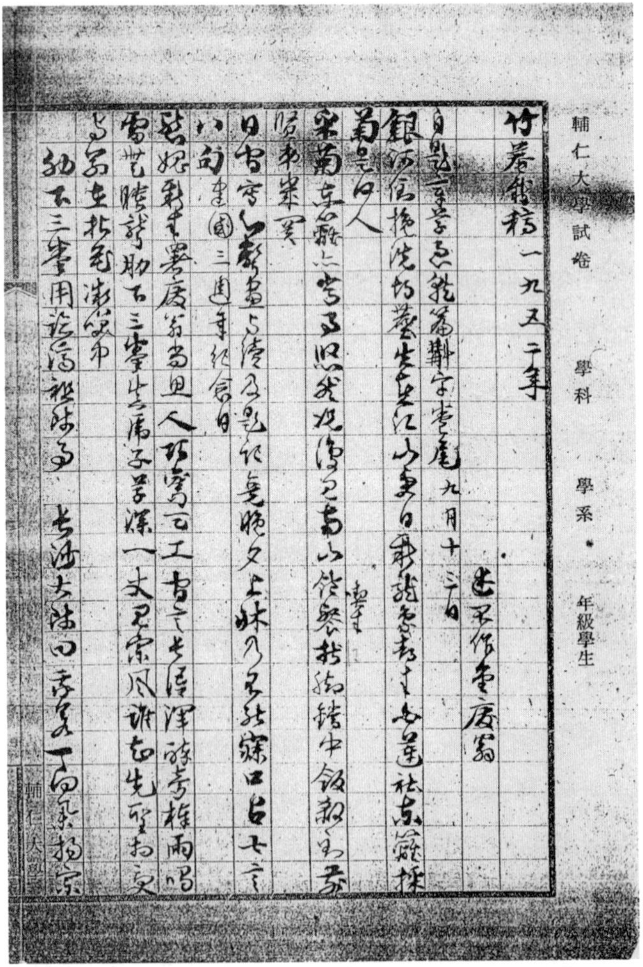
輔仁大學試卷　學科　學系　年級學生

竹菴新稿　一九五二年

《竹庵新稿》（首页）

记。对《濡露词》之点注或可看作是父亲重开诗词创作之门的前奏。至9月中，由于《章草系说》中《章草急就篇斠字》一文的竣事，父亲终于忍不住已中止三年的诗词创作之笔，9月13日咏出了附于此文卷尾的两首七绝，“自尔破戒”，尤其是国庆节后“几于逐日有作”，至10月17日，完成了一卷包括古近体诗二十八首与三千余言“附注文字”的《竹庵新稿》。“新稿”全部寄交弟子周汝昌，得以完整存留；而研究章草的著作已不存，仅于1952年11月1—2日致卢季韶的信函中见及片段。

“新稿”以“银河倒挽洗胡尘，失喜江山更日新”为冠首之二句。“失喜”，喜极而失去控制之意。全部“新稿”充满了“谁道人生无再少，门前流水尚能西”的欢欣鼓舞与振奋。诗中既有对旧日学诗经历的回顾，又有对恩师及友人、弟子的感念与怀思；“新稿”还有一组论“诚斋诗”的《脚痛篇》三首长篇七古，不同于古人论诗之作，三篇七古每首前有长篇诗序，后有长篇附记、按语，之后又附有补编的二绝句，合共两千余言。内容扩及于杨万里（诚斋）其人其诗、生平考证、交游往来，更涉笔恩师尹默先生对诚斋诗之研究，甚至联系到俄国作家爱伦堡、东汉学者马融，上下古今中外，一支诗笔纵横驰骋，极具才力与眼光，形式之恢弘，内涵之深广，均称得上是古今“论诗”诗所罕见。《竹庵新稿》后附《竹庵词剩三首》，第一首《鹧鸪天》歌唱和平，第二首《浣溪沙》歌唱勋业，第三首《清平乐》以“俳体”记写自己病后生活：

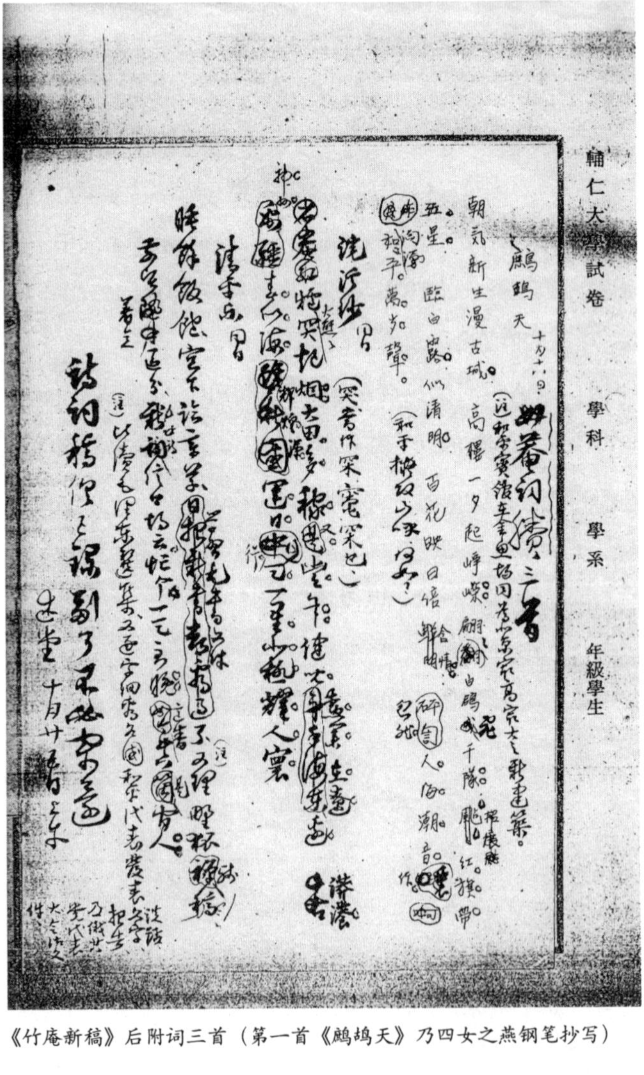

《竹庵新稿》后附词三首（第一首《鹧鸪天》乃四女之燕钢笔抄写）

睡余饭饱。窗下临章草。学习毛书文件了。又理野狐禅稿。

前贤着意区分。新诗信口胡云。忙个一天到晚，这番真是闲人。

《实践论》题识

诙谐的词句背后，显现的是故国重新、自身病愈、开启新生活之饱满欢快心绪。

《竹庵新稿》开启了父亲新中国时期的诗词创作，也标志着父亲已走出三年大病在脑力、体力方面的阴影。

随着临池与赋诗，父亲也开始了阅读。起初他只是浏览每日的《人民日报》，并不敢动脑力去思考，大约至1952年秋季，他得到一份散页的小册子《实践论》，阅读之下，忍不住在册页上的空白处，写下许多心得体会，且于封面郑重地题写了“吾言甚易知，甚易行。——老子”，且署“古贝糟堂氏[1]读本之一”，可见其认真

[1] 河北省清河县宋时为贝州；父亲大病之后与友人信中时署“老糟”“糟堂”等号。

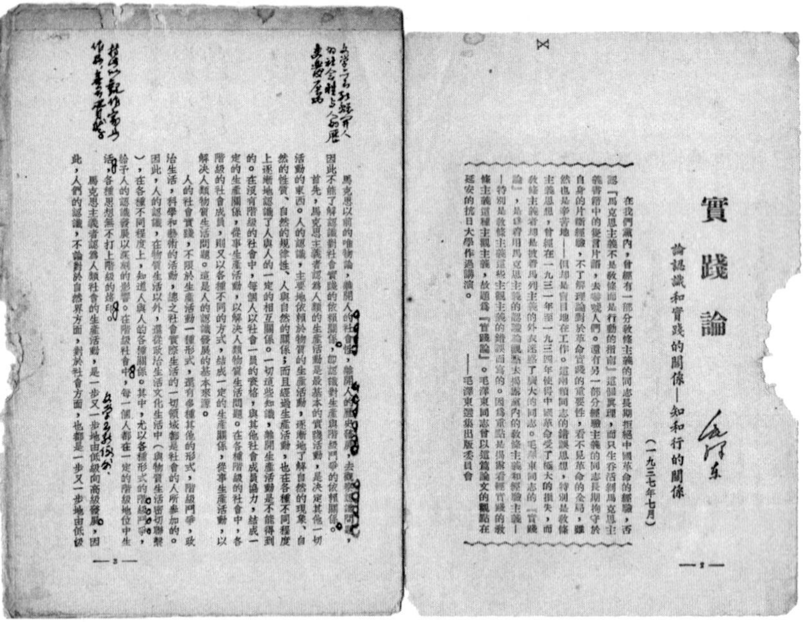

實踐論

論認識和實踐的關係——知和行的關係

（一九三七年七月）

在我們黨內，曾經有一部分教條主義的同志長期拒絕中國革命的經驗，否認「馬克思主義不是教條而是行動的指南」這個真理，而只生吞活剝馬克思主義書籍中的隻言片語，去嚇唬人們。還有另一部分經驗主義的同志長期拘守於自身的片斷經驗，不了解理論對於革命實踐的重要性，看不見革命的全局，雖然也是辛苦地——但卻是盲目地在工作。這兩類同志的錯誤思想，特別是教條主義思想，曾經在一九三一年至一九三四年使得中國革命受了極大的損失，而教條主義者卻是披着馬列主義的外衣迷惑了廣大的同志。毛澤東同志的「實踐論」，是為着用馬克思主義的認識論觀點去揭露黨內的教條主義和經驗主義——特別是教條主義這種主觀主義的錯誤而寫的。因為重點是揭露看輕實踐的教條主義這種主觀主義，故題為「實踐論」。毛澤東同志曾以這篇論文的觀點在延安的抗日大學作過講演。

——毛澤東選集出版委員會

—2—

馬克思以前的唯物論，離開人的社會性，離開人的歷史發展，去觀察認識問題，因此不能了解認識對社會實踐的依賴關係，即認識對生產與階級鬥爭的依賴關係。

首先，馬克思主義者認為人類的生產活動是最基本的實踐活動，是決定其他一切活動的東西。人的認識，主要地依賴於物質的生產活動，逐漸地了解自然的現象、自然的性質、自然的規律性、人與自然的關係；而且經過生產活動，也在各種不同程度上逐漸地認識了人與人的一定的相互關係。一切這些知識，離開生產活動是不能得到的。在沒有階級的社會中，每個人以社會一員的資格，與其他社會成員協力，結成一定的生產關係，從事生產活動，以解決人類物質生活問題。在各種階級的社會中，各階級的社會成員，則又以各種不同的方式，結成一定的生產關係，從事生產活動，以解決人類物質生活問題。這是人的認識發展的基本來源。

人的社會實踐，不限於生產活動一種形式，還有多種其他的形式，階級鬥爭，政治生活，科學和藝術的活動，總之社會實際生活的一切領域都是社會的人所參加的。因此，人的認識，在物質生活以外，還從政治生活文化生活中（與物質生活密切聯繫），在各種不同程度上，知道人與人的各種關係。其中，尤以各種形式的階級鬥爭，給予人的認識發展以深刻的影響。在階級社會中，每一個人都在一定的階級地位中生活，各種思想無不打上階級的烙印。

馬克思主義者認為人類社會的生產活動，是一步又一步地由低級向高級發展，因此，人們的認識，不論對於自然界方面，對於社會方面，也都是一步又一步地由低級

—3—

《实践论》题识

与心悦诚服。12月初，他又在《人民文学》上读到了阮章竞的长诗《漳河水》，一向不喜新诗的父亲竟被打动了，边读边评点，给予很高评价，也点出其中个别瑕疵。岁末，因弟子周汝昌之讯问而动笔撰著《说红答玉言问》。

自1952年末，父亲又开始大量读书，且自感所获甚多，1953年初，他高兴地致函好友卢季韶：

我比来读书颇有小进益，于辩证唯物论尤多悟入，此乃有赖于当年之治禅学，殊为始料所不及。至于文学方面，则读了一部苏联文学史，甚有所得。小说看得尤其多……几时与吾弟晤谈一详言之耶？

（四）走出养病的书斋

由于身体的日渐康复，自1953年开岁，父亲开始走出养病的书斋参加社会活动。

2月末，他应北京图书馆（今国家图书馆）之邀，在“爱国诗人杜甫讲演会”上与冯至联袂登台，冯至做报告，他讲了如何朗诵杜诗并做了朗诵。负责筹划与组织这次讲演会的冯宝琳回忆，“当日会场上座无虚席”，“两位主讲大师，同是研究杜诗的专家，又是几十年过从甚密的挚友，彼此灵犀相通，配合默契……收到了相得益彰、极佳的效果。盛会结束时，两位大师携手谢幕三次，全场起立，响起经久不息的掌声”（张恩芑《羡季先生朗诵杜诗——记北图“爱国诗人杜甫讲演会”》）。

5月初，父亲心情极好、兴致极高地回到阔别三十载、已迁入燕园的母校北京大学，参加校友返校活动。

这时，父亲开始考虑“暑后出山”的问题。此前，冯至考虑他的身体，大病之后仍需调养，介绍他到文学研究所去做研究工作，但父亲离不开讲台，舍不了学生，还是接受了弟子王振华与友人李何林夫妇的邀请，决定到天津师范学院任教。经高教部批准后，父亲离开北京师范大学[2]。出京前，他在一阕《木兰花慢》（故人书问我）中幽默地写道：“驾起青牛薄笨，迢迢又上征途。”词末自注“青牛薄笨，亦只是老牛破车之意云尔”。俳谐、鲜活、灵动，正是重返岗位、人生再少的振奋与欢欣。

父亲“六月十八日出都”，火车把父亲送到了天津这座城市，他将在这里度过一生中鞠躬尽瘁的最后七年。

---

[2] 1952年，辅仁大学与北京师范大学合并。

第八章 生活在新中国（下）

（一）与旧日不同的衣食住行

1953年6月18日，父亲举家迁离了寓居二十余年的古都，到天津落户住家。半年之后，父亲告诉好友卢季韶："到津之后，凡百俱好，体力脑力都较病前不坏。"这"俱好""不坏"首先要看的是衣、食、住、行。

先看住。

天津师范学院为父亲安排的住所是马场道校内第二宿舍小洋楼的一层，"有暖气及卫生设备"，"书室、卧室、厨房、厕所各一。书室、卧室之大，一间可抵李广桥三至四间，高爽、干燥，颇合理想"。"高爽、干燥"是因为小楼内全铺的是木质地板，室内有上下水道，且有地下室（冬日为小楼烧暖气的锅炉房）。故乡的老宅子、北京的四合院，虽然古老而厚重，但是没有上下水道，没有卫生间，没有暖气设备，打开房门，就是冬日的寒风、夏日的热浪，对于父亲这个久病新愈的"年迈人"（尽管他当时只有57岁），不能不说是极大的"不宜居"。在当时的天津师院，有这样住房条件的教授，唯顾随一人。我曾想，舒适的住房未始不是父亲愿意离开古都的原因之一。这套住房为父亲晚年的讲坛生活提供了一份重要的物质保障。

再看穿。

在穿着上，直到1954年以前，父亲一直是中式着装，在家中是中式裤褂，外出是中式长袍——这些衣服，大半是我母亲为他手工量裁缝制的；脚上是一双布鞋，冬季为了御寒，他的棉裤脚还要扎一副绑腿带。到天津后，1953年秋重登讲台，他还是一身中式长衫，古雅质朴却不学究、不土气，反倒让人领略到一丝五四前后知识分子的气度。至1954年春，在津以缝纫为业的大女之秀为他缝制了两身"制服"，灰色斜纹布料；两件衬衫，本白平纹布料——父亲瘦高的身材穿起来很是精神，一点儿也不觉与旧日"行头"有什么不协调。秋凉以后，大姐又为父亲轧了一身藏蓝色毛呢制服，那呢料是我在北京西单拐角处一家叫作"北京市供销合作总社"的大商场买的——北京清河制呢厂生产新中国第一批毛纺呢料，质地厚实，每米十三块六。父亲被高教部定为二级教授后，他用补发的工资为自己和老妻在滨江道一家高级服装店各做了一件澳毛厚呢长大衣——父亲的大衣是深灰色压有纹理的呢料，双排扣式样，衣料做工都十分考究，穿起来相当气派。但数九寒天，父亲还是在驼绒袍或羊羔皮袍外，罩上那件二十年前做的狐肷大皮袍——看来洋装的保暖效果和舒适度还是不如老式中装大皮袄！

这张照片是父亲到津那年初冬为学校要求的履历表一类表格而拍的。父亲的发式自青年时起一直是"平头"，大约是自大学毕

1953年底摄于天津师范学院

业后即于上唇蓄短髭，1949年秋大病之后因理发不便方始蓄发。照片上父亲身着的是一件家制的深褐色与浅驼色交织的中式粗呢长夹袍，这还是1947年母亲和三姐一起用买来的廉价衣料手工为他缝制的，我们姐妹几个时常玩笑地说这是件“道袍”，父亲后来自己也这样说。他似乎很喜欢这件“道袍”，每逢入冬总是作为大衣套在外面。直到他有了那一件厚呢大衣，才不常穿这“道袍”了。从这张照片上不难看出，父亲大病初愈，生活在新中国，“谁道人生无再少”的欣喜，似乎头上的白发也显得比旧时少了一些。

至于到津后的饮食，一句话来概括，那就是“从来不曾吃的这样好”。到津不久，父亲就喜欢上了这里的早点——烧饼馃子，他依故乡的叫法呼之为“火烧油炸果”。由于二宿舍离大门口不过二三百步的距离，父亲早晨去大门口收发室取报，见到对面大院门里有卖“火烧油炸果”的，偶然买回一尝，觉得味美无比，于是三天两头去买，回到家里，配上老妻煮的牛奶卧鸡蛋。后来又见大院门口还有个摊煎饼的，也买回一套尝尝，不想香软可口，是二十余年客居旧京没吃过的新鲜东西，也常买回来与我母亲一起享用。

那时我们姊妹都在北京，凡周末来津探望父母，父亲总是一大早到校门口给我们买回烧饼馃子，再摊上两套打鸡蛋的煎饼（当时一般煎饼不加鸡蛋）。从我记事起，父亲拿钱自己去买的东西只有两样——书和纸烟，这两样妻女代办不了，这时吃着父亲亲自给我们买回来的早点，从小不曾有过，吃起来更觉鲜香满口，心里是加倍的甜美与温暖。

更有趣的是，父亲还把吃“火烧油炸果”的事儿写信告诉弟子——津沽人氏周汝昌：

“果”字如此写是本字，俗从食旁，决是后起。都中乃曰油煤鬼，“鬼”盖“果”之音转。今吾乡犹读“国”若“鬼”也。……廿余年前客津时，正在废止朝食，遂与此二物交臂相失。此次来津，一尝之后，几乎成癖，隔日不食，辄复相思，如忆良朋也。

诗人的天真，生活的机趣，还加上一点读书人的咬文嚼字。

午饭都是母亲来做，母亲虽是大户人家的独生女，却有一手好厨艺。最主要的是，在新中国，父亲虽只一校任教，却比过去两三校任教的收入高得多，母亲的厨艺才有了“用武”之可能。加之“津市菜蔬鱼肉较京师价廉，而其鲜美亦远过于京师”，母亲“每日买菜”“到黄家花园菜市”，鸡鱼虾肉、新鲜蔬菜水果，不用算计，想给老伴儿吃什么就买什么。买好菜，做美

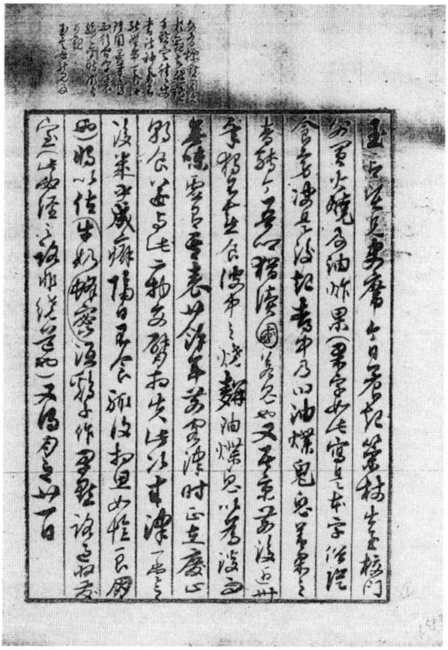

致周汝昌书

食，倒给她许多精神上的愉悦。有一段时间，母亲手腕伤了，不能亲自做饭，学校里教师食堂的厨师，总是在前一晚拿着菜谱来家里让两位老人家点饭菜，第二天中午，可口的饭菜就送到了家中。

若说在外就餐，中餐父亲最喜欢的是涮羊肉。1927年，七言长诗《初冬自家抵津友人招引市肆……》中，以八个诗句从色彩、声光、视觉、味觉诸多角度精描细写“津沽”“市楼”涮羊肉的美味，留下了中华古诗中难见的咏“食”佳句：

妃白俪红精且腴，鸾刀脍切妙天下。
铜釜初看炭火明，釜中汤已沸作声。
盐豉辛辣发滋味，佐以园荽郁青青。
不尝此味已三月，入口脆滑如欲咽。

晚年三下津沽，由于家中饭菜精美，父亲出外就餐，更钟情于小白楼起士林餐厅的纯正西餐，那里成了父亲欢飨妻女的好地方。

到津后，父亲居住校内，上下课再无旧日路途往返之劳，“行”之一端，似乎已没什么可说，但父亲的生活里自有他的“行”。只要不是恶劣天气，每日夕阳余晖中，校园里总会见到一位老者策杖散步的身影。隔上一段时间，父亲也会乘4路公共汽车或坐三轮车去黄家花园或和平路的新华书店购书。在我的记忆里，父亲母亲从来不曾一同走出家门去散散心。到天津后，二老除了一同去起士林吃西餐而外，还数次往游离学院不远的人民公园，这真是让女儿们万分欣慰的事儿。二老的游赏，有文字记录的即有三次：一次是到津不久1953年中秋节后，津门“秋高气爽，美丽无既”，“与内子至谦德庄人民公园一游，不必以拟京中之北海、中山，要自不无其可取也”。一次是同年12月1日，晴暖而无风，父亲“兴致颇好”，和老妻一同“往游谦德庄人民公园”。园内一只刚满“两周岁”的小老虎引起了二老的兴趣，冬日天短，不觉已是“暮色冥漠”，“万家灯火”，他们正准备返寓，突然响起了幼虎的鸣啸，初闻如激雷震响，轰鸣不已，待啸声沉寂，余音“隱隱犹在耳”。母亲很有兴趣地观幼虎、听虎啸，父亲则诗兴大发，赋五言古诗《谦德庄人民公园听虎啸》。再一次，是次年11月3日，“天气出奇的好”，父亲“牺牲了午睡”，同我母亲“到谦德庄人民公园逛了一下午”，他们不但去看已“大了”“肥了”的小老虎，还到花房赏花，不想竟发现了一种新奇的盆栽小树“鸟不宿”。父亲在信中告诉我他们的

致顾之京书中所画“鸟不宿”

冬游，还给我画了“鸟不宿”的叶面图。这些游赏，母亲是从未有过的高兴。（父亲还专以“鸟不宿”为题写了一篇散文。）

（二）“又上征途”后的文字耕耘

1953年9月秋季开学，父亲重登阔别四年的讲坛。本来学校提出他每周至多上课两三小时，主要是做顾问和指导青年教师，父亲却从没有以年老、体衰提出过什么要求，相反，上课、开讲座、参加学生的文学活动和校、系各种会议，勤奋，认真，兢兢业业。

1953年暑假前，父亲接受了暑后为四年级开设“元明清戏曲小说选”（每周二至三节，包括作品选与戏曲发展小史）的任务。那时没有统编教材，父亲暑假里开始选注教材，注释部分工笔正楷写在竖行的稿纸上，讲稿正文则是以写文章的形式，字字句句清清楚楚地写出来，一并交付文印室刻印。一万五千字的“中国戏曲发展小史”的完成，使他很是高兴，写信给好友卢季韶：“适值编写‘戏曲发展小史’讲稿，日日念兹在兹，不能分心，……写定，即付油印，印得后当寄呈一份，令吾弟一看，知我学识有无长进，且乞指正其误也。”可惜今所得见者仅有旧时作为附录的旧稿四节（“戏文略说”“《永乐大典戏文》三种”“《琵琶记》獭祭”“《荆钗记》獭祭”）。1956年，天津师院曾接受高教部委托，由顾随负责编写全国高等师范学校中国古典文学教科书中的元明清部分，这当与他之前讲授古典戏曲、小说并编写讲义有直接关系。

1954年，父亲为二、三年级开出一门新课“佛典翻译文学”，这在当时的大学讲堂是个创举。父亲撰写讲稿，“每天写个千儿八百字”，用了一个月的时间，在五一劳动节期间完成了三万字的“汉三国晋南北朝时期”的《佛典翻译文学》。引言、按语、结语，属于论述，占了其中大半篇幅。父亲说写作时的高兴，如“小孩子过新年穿新鞋”，讲课时，“口讲指画，兴高采烈”。1986年《佛典翻译文学》收入《顾随文集》以来，多家出版社将其与《揣籥录》一起，以《顾随说禅》之名出版，成为新时期颇受读者欢迎的论禅著作。

1955年春秋两个学期，父亲开出的课程是“唐宋诗”和“唐宋词”，他在给五女之平的信中说到写讲稿的事儿，及今仅见“说稼轩农村词”一小段，以及当日弟子李如鸾手抄的“晚唐诗”及“唐诗现实主义”两节。

到1956年秋季，父亲又接受了一项新任务——讲授“中国古典文学批评”。他写了一份颇具规模的讲义。1954级学长耿文辉不仅保存下油印讲义，而且留有他逐堂听课的详细笔记。讲义中两万余言的篇幅是对中国古代文学理论的专论，如《论曹丕、曹植的文论三篇》《论艺术夸张》等。在课堂上，父亲的讲课则不拘于讲义所写的内容：中国古代对文学的专论始自曹丕，故讲义自曹丕始；但讲课时不知父亲用了多少课时，先讲了先秦孔子、孟子、荀子以及《乐记》之论诗，又讲了两汉经学家之论诗、辞赋家之论赋、思想

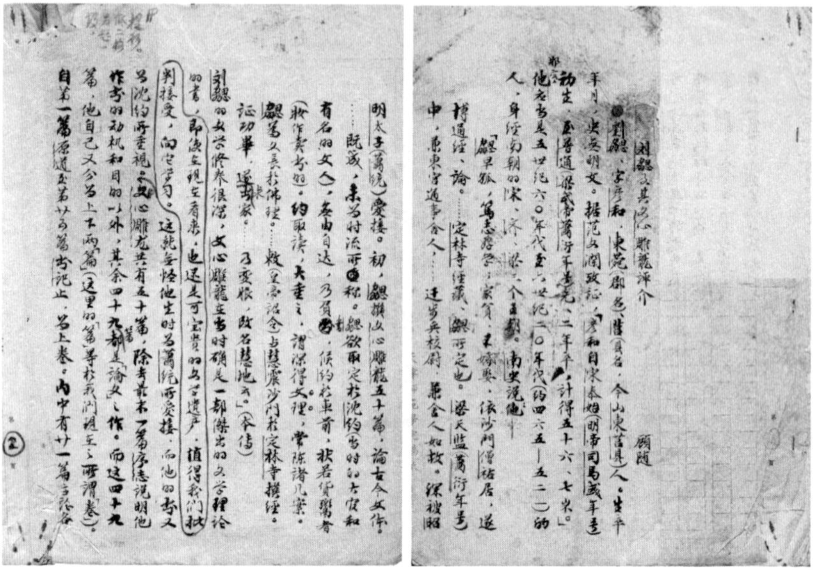

刘勰及其文心雕龙评介　顾随

刘勰，字彦和，东莞(郡名)莒(县名，今山东莒县)人。生平年月，史无明文。据范文澜考证，"彦和自宋泰始(明帝司马彧年号)初生，至普通(梁武帝萧衍年号)元二年卒，计得五十六、七岁。"他应当是五世纪六〇年代至六世纪二〇年代(约四六五—五二一)的人，身经南朝的宋、齐、梁三个王朝。南史说他：

"勰早孤，笃志好学，家贫，不婚娶，依沙门僧祐居，遂博通经、论。……定林寺经藏，勰所定也。梁天监(萧衍年号)中，兼东宫通事舍人，……迁步兵校尉，兼舍人如故。深被昭明太子(萧统)爱接。初，勰撰文心雕龙五十篇，论古今文体。……既成，未为时流所称。勰欲取定于沈约(当时的大官和有名的文人)，无由自达，乃负其书，候约于车前，状若货鬻者(装作卖书的)。约取读，大重之，谓深得文理，常陈诸几案。……勰为文长于佛理，……敕(皇帝诏令)与慧震沙门于定林寺撰经。证功毕，遂启求出家。……乃变服，改名慧地云。"(本传)

刘勰的文学修养很深，文心雕龙在当时确是一部杰出的文学理论的书，即使在现在看来，也还是可宝贵的文学遗产，值得我们批判接受，向它学习。这就无怪他生时为萧统所爱接，而他的著作又为沈约所重视了。文心雕龙共有五十篇，除去最末一篇序志说明他作书的动机和目的以外，其余四十九篇都是"论文"之作。而这四十九篇，他自己又分为上下两"篇"(这里的"篇"等于我们现在之所谓"卷")。自第一篇原道至第廿五篇书记止，为上卷。内中有廿一篇专论各

②

《文心雕龙》讲义手稿（局部）

家之论文……这些讲义之外的内容，仅耿文辉的听课笔记，即录下了两万余言。这需要多么广博深厚的知识积累，以及统领各家观点的思辨能力！

“古代文论”讲了一个学期，寒假开学后，父亲又用整整一个学期专讲《文心雕龙》——中国第一部文学理论专著。耿文辉学长同样保存了完整的讲义与听课笔记。

1958年春夏，“整风”、教改、“拔白旗”，批判资产阶级知识分子，父亲“首当其冲”。他虽在会上“豪迈”地对全系说：

"同志们，批评我吧！"我"吃得消"，"顶得住！垮不了"！但接下来的"大字报、快报、座谈会，如雨点，如高潮，齐向头上、身上打来"。毋须讳言，这些活动，为父亲输入的不会是太多的正能量（他在做自我批评时曾说，有一段时间甚至产生了"退休"的想法）。几个月下来，他不但身体有些"吃不消"，秋季开学后的课程，"跑野马"的风采也收敛了许多。

谁也不会想到，父亲这个"又上征途"的"老骥"，很快又振作了起来。迈入1959年的门槛，他即投入了一项新的撰著——一生最后的一种讲义《毛主席诗词笺释》。父亲以一怀真诚的崇敬之心接受了讲授毛主席诗词的任务，以诗人的激情投入创作。自1959年"二月起笺释毛主席诗词廿一首，至十月乃写毕"。父亲曾对我说过，中国历史上的领袖人物能诗能文的不少，但能达到那一个时代之最高，唯毛主席一人。父亲之"笺释"，没有丝毫赶时髦、趋浪潮的心思，他是把毛泽东作为中国诗史上一位真正的诗人，从传统的对旧体诗词的艺术感受上阐释其作品，这在当时诸多毛泽东诗词讲析本中，称得上是别树一帜之作。谓予不信，仅看文稿中对《菩萨蛮·大柏地》首句"赤橙黄绿青蓝紫"七字，长达两千言的上下古今、纵横开阖、层层剖析，定可心悦诚服于"别树一帜"之言为不虚。

"毛主席诗词"一课，父亲至少给三个班级讲过。第二次讲授时，他对讲义第一稿做了一些修改，特别是"前言"，由两千余字拓展为六千字。"老骥"不仅"志"在千里，"行"也不曾止步。

1954年春在天津师院寓所撰写讲义

父亲在课堂上的讲授，也并非全有讲义，有些是以提纲的形式写在单张的稿纸上、白纸上，甚至纸烟盒内半透明的软纸上，讲过之后，或被有心的弟子索去，或者就随手弃置了。

（三）“兴会淋漓、触绪发挥”的课堂讲授

在新中国的讲坛上，父亲虽已是晚年，但他之登堂，不仅风采依旧、全身心投入，而且较旧时更为严肃、严谨、恪尽职守，课堂讲授依旧是“生公说法”般天花飘落。

父亲的课往往是开场就不一般。他讲“古代文论”一课时，常于上课铃响之前，在黑板一侧书写统领这一单元学习内容或指导学生为人为文的格言式的“课堂赠言”，如“天助自助者”，如“著文当有其所应有，无其所应无”……小小一个细节需要多么缜密的思维，也显示了一位老教授的晚年唯恐诲人不达极致的苦心，以及对“传法”事业至老不会枯竭的兴致。

父亲有时也会在开讲之前，将自己的一首新作写于黑板一侧。一次他所书是歌颂北大荒今昔巨变的《南乡子》：

衰草遍山长。出没成群兔鹿狼。八月高秋霜露降，苍茫。个是当年北大荒。　　此际下牛羊。人语歌声泛夕阳。万顷如云还似海，汪洋。禾黍黄金一样黄。

学生们以为老师意在介绍自己一首新作，歌颂新时代，及至讲到诗词创作时，老师却以此首为例，说“出没成群兔鹿狼”“人语歌声泛夕阳”，这两句合乎刘勰《文心雕龙》“捶字坚而难移，结响凝而不滞”的要求，至于末一句“禾黍黄金一样黄”“就差远了”，为什么？“连一个动词也没有”。由此老师联系古人诗句，提示学生，创作与欣赏“注意形容词不如注意动词”，动词能使诗词中的画面“活”起来，这“活”甚至是“画不出来”的。现身说法让学生获得的是活泼泼的知识，对诗词的优劣高低有了一项把控的具体标准。

父亲一向注重文学作品的形象美及艺术表现力，在讲杜甫的《茅屋为秋风所破歌》时，他“特别强调‘呜呼’以下的结尾几句，指出其中用‘wu’韵的字非常之多，连续之下，呜呜作响，最后用一个入声的‘足’字收住，恰似高山滚巨石，咕噜咕噜，滚到山脚，戛然而止。滚得凶猛，停得沉重”。这不是为了说得热闹动听，他的用意在于强调诗歌的音韵之美，“声音之中充分表现了诗人的强烈感情”。讲词时父亲举出李后主的名句“恰似一江春水向东流”与“别是一番滋味在心头”，他“出人意料地对后者做出了否定的评价”，引起学生的注意，然后“指出了前者的具体真切和后者的抽象模糊”，着重阐释诗歌中“具体真切”的表现胜过“抽象模糊”的叙述，学生们“得到了一种全新的领悟”，感到老师“真是把古人笔下的形象之美‘说’活了”。（王双启《时雨春风——先师顾羡季先生的课堂教学艺术》）

父亲是京剧爱好者，也是京剧鉴赏家，因此有时以“戏”论文。一次，他说起了“空城计”这出戏中扮演诸葛亮的两位演员之表演，当司马懿不敢进兵撤离西城时，有个诸葛亮的扮演者面对观众，“做出了用手抹去额头汗水的动作，随后念白：‘好险啊！’”。而另一个演员则只是转过身去背对观众，“耸动一下双肩，深深地吐出一口气”。之后，他问同学们：“哪一种表演好呢？”当年他一边讲、一边模仿两位演员的表演，这同样不是在聊闲天、搞噱头，他借助戏曲表演意在强调，文学作品中人物的塑造，作者必须走进人物的内心，体察人物的性格，才能准确生动地使笔下人物真正活起来。同理，读者、鉴赏者也不能只是看热闹、图花哨，捧起一个“绣花枕”“麒麟楦”，“学生们心悦诚服地接受了先生的艺术见地、美学思想”。（李如鸾《顾随先生授课散记》）

还有一个特例。1954年春，因流感流行，患病隔离的学生将近半数，父亲无法按计划讲新课，他见教室窗外有一丛竹子，于是就地取“竹”，说“换个课题，讲一讲‘竹子’吧”，他信口而谈，“先说‘竹’的读音，英语怎么读，俄语怎么读；再从文字学的角度谈汉字‘竹’的构成；然后说明竹的生长过程、习性、气质、神韵，以及其丰富的底蕴；说到形容竹的诸多语汇，并历数历代酷爱竹的文人雅士，以及咏竹的名句、佳作。先生设喻取譬，连类比附，旁征博引，谈笑风生”，做了一场简直称得上是关于“竹”的专题讲座，“同学们从来没有在课堂上听过这样丰富鲜活的内

容”，“大开眼界，大饱耳福”，因病缺席者则无不“长吁短叹，懊悔不迭”。（李如鸾《顾随先生授课散记》）

父亲是禅学家，在讲堂上有时也会说到禅，而他所传达的是禅学思想中富于积极进取精神的语录，如他一向奉为人生传承圭臬的“见与师齐，减师半德；见过于师，方堪传授”；如鼓励自立自强的“一日不做，一日不食”；如规勉向上向前、近于民间俗语的“强爷胜祖，才是好儿孙”……他还向学生引述胡适论禅与文学之关系的话，明确地表示：“不能以人废言。”禅宗的学问是古老的，而对于20世纪50年代的青年来说却是新鲜的，父亲因此提示学生：“搞唐以后的文学史、思想史，应摸摸禅宗的‘底’。”父亲向学生说这些话，不仅有见识，而且更有胆识。

父亲是书法家，他的板书令学生倾倒：“所用行草也都铁画银钩，潇洒疏落。课间休息时，爱好书法的几名同学常常伫立黑板前书空、默记，而后极不情愿地擦去。”（李如鸾《顾随先生授课散记》）

周汝昌先生纪念老师的文章描绘老师“当时‘上堂说法’，那真是音容笑貌，精彩百出。名师上堂，正如名角登场，你没见过那种精气神，一招一式之美、一音一字之妙……”（《苦水词人》）。借助于上述诸例，父亲晚年“兴会淋漓、触绪发挥”的讲课，风采不减，读者或可于此窥豹一斑，对“名角登场”领略一二。

（四）实至名归的良师益友

父亲是名教授，久病之后重返讲坛，来到天津，校内校外被人称为“顾老”。这“老”不单是年龄之谓，更是对他人品学问的尊敬，但他没有一点“名教授”的架子，甚至可以说没有老年与青年之间的隔膜。

1954年父亲到津后的第一个五四青年节，他谱有一首节日感怀的《临江仙》，在为即将毕业的一班学生上最后一节课时，将词抄在黑板上作为临别赠语：“春去不须生感慨，青年即是青春。万花如海复如云。一番相见了，更作一番新。”学生们体会到老师的赠词“字里行间，有鼓励，有爱抚，有期待，也有祝福，情真辞切，别意殷殷”（李如鸾《顾随先生授课散记》）。

1956年秋季，父亲在给三年级讲过杜诗后，为他们朗诵了老杜的“咏怀五百字”，他利用学生实习、自己没课的时间，自10月末至12月初，断断续续用了一个月撰写了《朗诵了杜甫〈自京赴奉先县咏怀五百字〉以后写给中文系三年级同学的一封公开信》，从抒情诗的特质讲到“五百字”的抒情，再到杜甫对屈原的继承与其独具的特点，最后讲到如何在理解作品的基础上进行朗诵，洋洋洒洒两万余言，极大地丰富了学生们课堂听课之不足。

《青年文艺》是20世纪50年代中期天津师院中文系学生自办的油印刊物，以发表学生自己的创作为主，父亲常应编辑之邀为刊物撰稿。前述之《临江仙》及“欢送下乡参加劳动生产同志”的《鹧鸪天》、歌颂克拉玛依石油城的《凤栖梧》《浣溪沙》……刊于《青年文艺》后都不曾再拿到报刊上公开发表。

1955年，他为学生们朗诵了《阿Q正传》的片段，做了“《阿Q正传》人物论”的讲演，《青年文艺》组编纪念鲁迅专辑，希望刊登老师这篇讲稿，父亲说这本是给学生们讲的，就应该在学生刊物上发表，于是冠以“论阿Q的精神文明及精神胜利法”之题直接将行草手书底稿交给了编辑同学。

1956年10月，恰逢鲁迅先生逝世二十周年，中文系举办朗诵会，父亲为学生们朗诵了特为“鲁迅先生逝世廿周年献词”的《木兰花慢》：

去来三十载，所爱读、大文章。有鲁迅先生，先之《呐喊》，继以《彷徨》。悠扬，傍河《社戏》，驾乌篷萧索望家乡。“日记”始于何日，“狂人”信是真狂。　　荒唐，礼教甚豺狼。《祝福》也悲凉。甚导致《离婚》，爱姑奋斗，枉自奔忙。茫茫一条道路，算阿Q孤独更堪伤。天上人间何恨，煌煌日出东方。

会后，父亲又应学生之请将词稿刊于《青年文艺》。

词作缩结鲁迅先生小说的书名、篇名、人名入词，用语自然，用意深邃，对串联人名、地名成“段子”的游戏文字，是一个绝顶的升华；而对词这种高雅的韵文，则是一种别开生面的创新。学生们深为老教授的学识风采所感，不少新入学的同学庆幸自己考入了天津师范学院。（1958级学生尧山壁直言，就是慕顾先生之名才来报考天津师院。）当年那首《木兰花慢》人口传颂，以至四十多年后的1999年，1956级学生毕业后第一次全体聚会时，像联系“接头暗号”一样，一见面，张口就是“去来三十载，所爱读、大文章”，有的同学还模仿着当年顾随老师的声音和手势。

父亲不仅为《青年文艺》撰稿，还特为这份油印刊物题写刊名，印在封面上。

课业之余，学生们如果遇到老师，向他求教，他也会朋友般地与学生聊上一会儿。一位酷爱诗词创作的学生回忆说，老师与他谈诗歌创作，讲了早年在济南时的一段事：友人在济南欢聚之后离去了，灯下独坐，不免孤寂之感袭上心来，吟出了“友人自兹去，秋水济南城”之句。老师说，如果是“友人自兹去，床头电灯明”就不行了。一个例子，几句话，启发的是诗歌创作的情致，比讲一套创作理论有用多了。1955级的孙振笃，一次在校园走廊上“偶与先生相遇”，于是“鞠躬请教《离骚》中‘兮’的用法”，并请老师讲解“余既滋兰之九畹兮，又树蕙之百亩”等句，老师一一做了回答，使他“茅塞顿开”，由此引起了进一步“精读《离骚》”的兴趣。（孙振笃《回忆顾随先生》）

综观父亲一生的职业生涯，做学生的良师益友，并非他的刻意追求，这是他自觉的职业操守，甚至可以说是他出自内心的职业爱好。良师益友，实至名归。

（五）论学研文的学术书札

若论父亲晚年学术文章的写作，给弟子周汝昌的信——大量的论学书札，是他所留下的极可宝贵的学术珍品。

父亲与周氏的通信始自燕大被封校之后的1942年初。1953年后，大病新愈，社会清平，父亲的心情较前舒缓，生活上也再无后顾之忧，因而有了更多书写论学书札的可能。近年，周伦玲女士两次所赠顾随致周汝昌书信复印件共一百三十余通，1953年后者占一半以上，而且有的一连数日书写一通，有的一日之中书写两通，一函即长达数千字者更不在少数。函中论学的内容也更为丰实：有关乎诗词创作的推敲，更有关乎文理、哲理的探讨；有对古今作家作品的研评，也有对书学书法的阐析；有些单篇论文如《跋知堂师〈往昔〉及〈杂诗〉后》《说辛词·赋水仙》等手稿，也曾随信直寄。尤其是1953年围绕着周氏《红楼梦新证》的出版，两三万字的书札，从《红楼梦》的文本、背景、人物及考证，直说到曹雪芹氏传记的写作……真可说是顾随的"红"学、"曹"学面面观。2017年是父亲诞辰一百二十周年，在河北大学举行的纪念会上，伦玲又带来意外获及的1954—1955年间的信札二十余通，近三万言。于中得见佚诗六首，老师对弟子养生方面的嘱咐，更可知父亲于1955年春曾校、补、释关汉卿的杂剧四种——《玉镜台》《调风月》《单刀会》《西蜀梦》，且工程几近竣事，惜遗札中仅可见当年寄予弟子以资共研的几个片段。

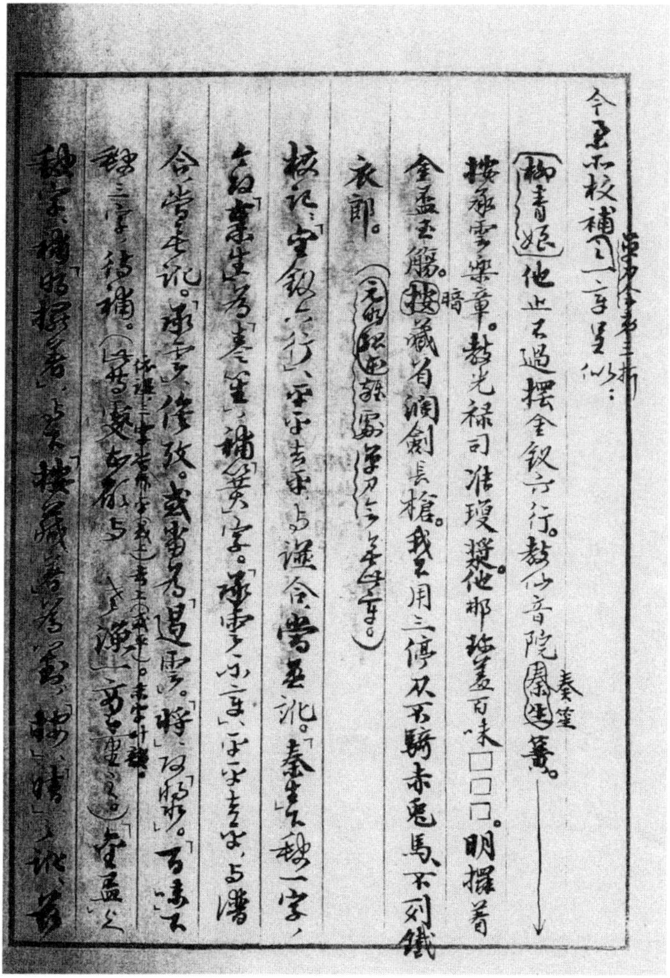

校、补、释《单刀会》（局部）

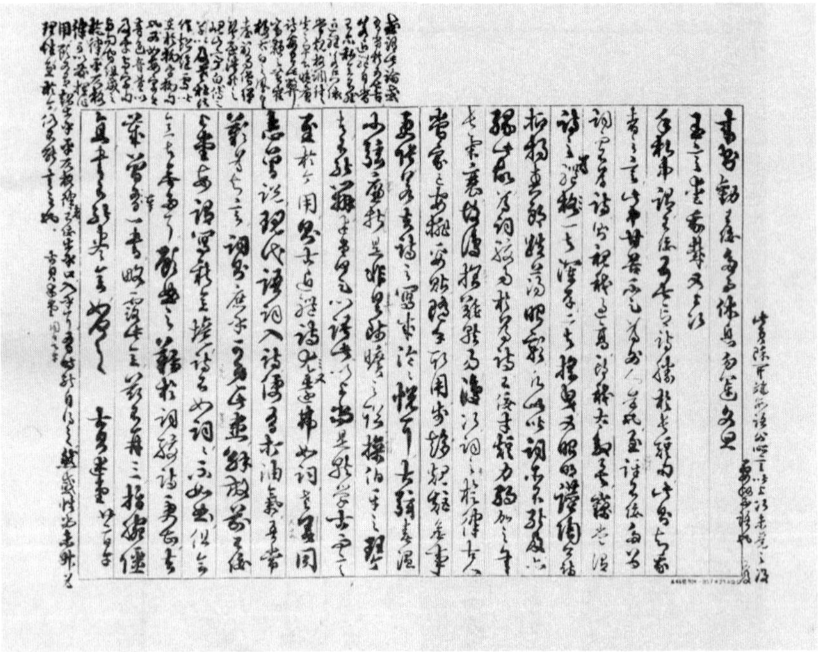

与周汝昌最后一书

正是由于这些学术书札的往还，1990年汝昌先生在纪念老师忌辰的报告与文稿中说：

（老师）多年的积学深思之未宣者，却以此际的兴会与灵感所至，给我的信札竟然多次“变成”了整篇的论学研文说艺的长篇论文，……这些“书札论文”，所涉之层面至为深广，可说是先生为文治学的成熟期的一大迸发与结晶……

《顾随致周汝昌书》封面

2010年前所获之书札辑为《顾随致周汝昌书》在河北教育出版社出版时，汝昌先生尚健在，他在序文中又说：

先生书札中所涉诸般学问丰富精彩不可胜言……

这批珍贵文献的真正价值却远远超越了我们师生二人之间的种种情缘和文学艺术，乃至中华大文化的多个方面的相互启发讨论。

1960年1月22日大寒节气中，父亲写给弟子的信札还在畅论诗、词、曲三种韵文形式之长短，以及近体诗的创作技巧：“每字之音色、音量”，“字与字、句与句间组成之旋律、平仄、格律”，且所书近作诗词三首中更有“万里江山入画图，群星北拱绕雄都”“六十年代刚开始，万里扶摇鹏展翅”等豪迈之句，不见丝毫生命衰飒之象。然而这封函札竟成为父亲论学书札的绝笔，也是及今所能见到的父亲留在世上的最后一段完整的文字。

（六）紧跟时代脚步的《闻角词》与“述堂近稿”

父亲1953年三下津沽，重登教坛，至1960年春病重，前后七八年间，教学任务之余，诗词创作不曾中辍。1956年1月，他将到津三年的词作百余首编订为《闻角词》，未印行，全稿今不存，仅见《闻角词剩题记》核心部分之片段，虽尚不足二百字，但为我们了解父亲于新中国亲自编订的这部词集提供了不少信息：“闻角”之名源于恩师默老诗句“破晓闻清角”而又赋以新意——闻角而歌，“号召前进”；词作题材来源于读报，父亲尝自叹脱离生活、脱离自然，因之报纸成为他与社会生活联系的重要渠道；他“自喜”词作“不为辛老夫子所囿”，“命意取材”，“自有树立”。“闻角”之后，父亲仍“时时有新作”，延续着闻角而歌之脉，时时冠以“述堂近稿”之名寄示弟子周汝昌。

于今辑得《闻角词》与“述堂近稿”中之词作已达百首之多，为建设成就、重大节日、庆典、会议而献颂者不在少数，可见老词人进入新社会人与词的新面貌。此外，亦有读词所感、读书所感，又可见述说日常生活及心怀的小令。

1954年春，父亲因“连日大风，不能出户”，因效古人“坐雨之作”，于“坐风”之中，谱《临江仙》一阕：

岂止飞花舞絮，更来撼屋摇窗。今朝不可更禁当：昏黄天雨土，暗淡日无光。　　看取稚芽嫩叶，栽遍沙碛山冈，十年蓊郁复青苍；罡风吹不动，屹立碧铜墙。

为绿化造林改善环境而歌。

1955年底，病中“日日理稼轩词”，有感而题《木兰花慢》一阕：

义旗南指处，突北骑，上江船。甚抚剑登楼，翻成游子，拍遍阑干。词编一十二卷，是南山射虎响惊弦。落地得辛为姓，居家以稼名轩。　　村边黄犊十分闲。恰对夕阳眠。更一片蛙声，中天风露，半夜鸣蝉。堪怜此翁不见，有丰收记录达空前。更要层楼更上，明年高似今年。

以稼轩词句涵盖稼轩一生，更由稼轩描写农村的词句，进入到对农业大丰收的欢唱。（他为这首词所写之数百字的跋，是一篇论稼轩农村词的短文。）

1956年9月间，因纪念鲁迅先生逝世二十周年，父亲赋出了力重千钧的两首长调——《木兰花慢》（去来三十载）、《沁园春》（大好神州）。《木兰花慢》一首前段已有所述，第二首《沁园春》乃“再赋”者，是对鲁迅全人的论述与评赞——“所向无前，冲锋陷阵，大笔如椽鲁迅翁。身当得，是文章巨子，民族英雄”。数日后又有《贺新凉》（多少凄凉意）一阕由对鲁迅先生的崇敬进而反思自我“所以自剖”。三首词是父亲晚年词作中极具文化学术价值的作品。

1957年农历丁酉年新岁，有《风入松》一阕：

长街灯火敛余光。极目入微茫。霏霏空际如筛落，喜新岁、瑞雪飘扬。宇宙一团玉裹，河山万里银装。　　寒鸦堆墨点琳琅。冻雀懒飞翔。积肥蓄水乡村里，到冬闲、也自农忙。共说丰收在望，麦田一片金黄。

是“新岁喜雪”瑞雪丰年的贺岁祈福之作。

1959年有“咏唐柳”为题的《连理枝》：

当日青丝缕，此际千年树。柳发晞春，梳拢新月，膏施青露。纵霜雪都未减姿容，况一宵风雨。　　五彩光明路，神勇擢天柱。骨肉情肠，弟兄心事，并肩齐步。共大昭寺唐柳永青青，永青青万古。

以“拉萨大昭寺前唐柳，唐文成公主手植，西藏民间传说谓是公主头发所化生”之典，引出民族团结的重大主题。

首首词作都是老词人发自内心的盛世欢歌。1956年父亲有一首

“自题所作词”的《行香子》，恰是苦水词人对自己晚年词作兴发感动的内心剖白：

故国重新，事业如云，百忙中肯做闲人。莫言衰老，且自精神。且忘风华，扫风月，走风尘。　　但是知音，都属人民，更何辞歌遍阳春。丝丝入扣，字字传真。看一番歌，一番好，一番亲。

父亲对自己的作品也有着清醒的认识。1958年12月25日写寄好友卢季韶的信中坦诚地反思：“两三年来所作词有百余首，泰半有政治性，甚至赶任务，配合运动，……若严加删选，或有半数不至刺目。”遗憾的是，人生留给苦水词人的时间已经不多了，客观上虽然给他提供了出版词集的条件，但他已没有精力为一生最后的词作删选编订一册自谦为“不致刺目”的词集。

无论是《闻角词》还是后来的“述堂近稿”，父亲在词之语言运用上的通俗化、口语化方面做了极大的努力，他的词明白晓畅，力求这种高雅的韵文形式能为广大人民群众所接受。他所做的努力显然取得了预期的效果。他出过一个“笑话”，恰从反面证实了这一点：一首歌颂炼钢工人的词，把炼钢的“马丁炉”（平炉）当成了“高炉”，咏出“万丈马丁炉”之句，词作刊出之后，一位老工人给他来信，指出这个常识性错误。父亲十分感谢这位老工人，深深感愧于自己离现实生活太远了，而且几次向学生、向家人讲起自己这段“笑话”。“笑话”也证明了苦水词人的晚年之作已经被人民群众所接受，得到工人同志的关注。

这一时期，父亲也时有诗歌、散文见于报刊，同样是紧跟时代脚步的作品。

（七）老知识分子的社会活动

父亲到津之时是新中国百废初兴的年代，父亲这个老知识分子走出书斋参加了不少社会活动。

1955年初，父亲被推举为天津市政协第一届委员会委员。他去参加政协的会议，贴近了社会，贴近了人民，给自己多了一个学习的机会，增添了一份生命的能量。

1955年底，天津市酝酿成立作家协会，父亲参加了筹备会、成立会、理事会等一系列会议。作为一个老作家、老教师，他“拳拳不能去心”的是对青年作家的培养与扶植，这也是一位老作家希图振兴文坛、培养后辈的苦心。他的讲话、建议等得到了广泛的响应与支持。此后他担任作协刊物《新港》月刊的编委，为不少文学青年修改文稿、指导写作。对于《新港》，他始终是一个忠诚的支持者，时见他的诗词散文“泊位”于这片新辟的港湾。

1957年6月，农历端午节，天津市文艺界举行诗人节联谊活动，父亲选出自己近四十年来有代表性的词作六首在会上朗诵。

1958年2月，天津市划归河北省，父亲被选举为省人大代表，春天他到省会保定去开人代会，带去的一份提案，竟是出人意表的

1957年为诗歌爱好者讲授朗诵技法

“关于野生植物的保护与利用”，这份提案源自他儿时在故乡农村的生活。（此时，他刊有一篇散文《马齿苋》，所抒内容，似与这份“提案”丝丝相扣。）从天津到保定，虽只百多公里的路程，但自父亲在北京定居后，这可是头一次、也是唯一一次出“远”门。他说，此行“随时随地，受优待，蒙照顾”，使他感到“又温暖，又惭愧”。会后，他又兴致很高地随代表团去参观徐水县新建成的水库。回津时，他给老妻带回一只保定的酱卤童子鸡。这一年，我的三姐之惠被选为北京市人大代表，父亲很高兴，说，想不到父女两人同时当了人大代表，代表人民。

作为学者、教授，父亲曾多次到校外做学术报告。在人民礼堂、在话剧团、在南开大学……临终前一年，他还为南开大学中文系审阅了“明清传奇选注释”一稿，且由此对明清传奇有所“发觉”：“明清传奇家不独曲文了无奇特，有时甚至字句欠亨。”之后，即动手撰写论《桃花扇》的文章（未完稿，今不存）。在校内，更是多次为学生们举行学术讲座，讲鲁迅、讲曹操、讲杜甫、讲关汉卿……还蛮有兴致地参加学生们的诗歌朗诵会，为学生朗诵古诗和自己的作品。1960年1月6日下午，父亲为中文系做学术报告，这是老人家一生最后一次学术活动。

无论在校内校外，父亲只要一登上讲堂，总是全神贯注，一如旧日的激情亢奋。不过现在能见到的这张为诗歌爱好者讲授朗诵技法的照片，虽然是背影，看得出来他确实已现出了老态。搭在讲桌上的是由于讲述动情而脱掉的外罩长袍。

（八）读小说、观戏曲是一生的业余爱好

父亲在家塾时养成的读小说之热情，至老不减。中华人民共和国成立以后，苏联小说摆上了大大小小书店的书架，父亲到天津以后，一读之下，立刻被它全新的味道所吸引。他说：“虽不能说每本书皆能令人百读不厌，要是万壑争流、千岩竞秀，各自有其引人入胜之处。”所存初到天津的两年里父亲给我的信，多次提到苏联小说，今且摘取几片：

1953年8月底，我正面临师范毕业分配（有可能是我不如意的专业），父亲在31日的信里说，他读了《我们这里已是早晨》，“书中的主人翁本是一位少校，而且准备继续做军事研究的，然而党却叫他去做渔场经理”，“他做了，而且还是蛮好。这是值得学习的”。

次年5月31日，父亲“两个月不曾看新的苏联小说了，怪馋得慌”，让我给他“买一本《阿尔察诺夫医生》”，带回天津。

10月下旬，父亲“忙里偷闲”读了法捷耶夫的名作《青年近卫军》，信上说：“并不觉得多么好。坏，也说不上来，只是太沉闷，念起来憋气。”

11月8日的信，先是说让我“千万想着”把带走的《斯大林时代的人》带回去。他说，“每逢身体疲劳、情绪低落的时候，一读苏联的文学作品，立刻就有劲了”；又说没新小说读，“非常之闷

1957年二月在礼堂门前与同校任教的弟子孙正刚合影

气”，让我去书店给他买《海鸥》等两种小说。

…………

寥寥数笔，看出父亲之读小说，是以之为诱导下一代最直接、最有效的工具；以之充实自己的课余生活，既是休闲，更是精神上的调剂与享受，且从中汲取前行的力量；他是以鉴赏家的眼光透视小说，既重“言中之物”（内容），又重“物外之言”（表现），不失旧日评赏文学作品的本色。

父亲从北大红楼的学生时代开始喜爱京剧，称得上是戏曲鉴赏家，他自己也会唱几句。在课堂上讲课，有时也会“跑野马”，说到京戏，说到杨小楼……

1953年到天津后，听戏的机会多了。校工会的“戏剧研究会”逢节庆总要在大礼堂演上几出折子戏，父亲常带母亲一同去听。剧场贴出好戏，或政协赠票，或家人买票，父亲总是雇上三轮车，老两口一块儿去欣赏。1956年，苏昆剧团的《十五贯》唱红了大江南北，5月份父亲去看了在津的头场演出，“大饱眼福”，对剧中演员之表演大加赞赏。1957年3月中旬，父亲与母亲同去观赏了河北梆子《拷吉平》，父亲称赞扮演曹孟德的演员，“已是七十高龄，而精力弥漫，举手顿足、苫眼铺眉，不独现代京剧艺人所未有，即旧时亦罕睹”。

父亲听戏的轶事不胜数，而在我的记忆中，特别值得纪念的是1959年之听昆曲。

这一年初冬正逢俞振飞、言慧珠率上海昆曲剧院到天津演出，我到中国大戏院买回戏票，晚间陪父亲母亲看了一场四出折子戏。剧场休息之后，言慧珠上场，反串老生，演出言派代表剧目《卧龙吊孝》，父亲看过戏后，称赞言慧珠反串老生是言派味道，比唱青衣更好。压轴戏是俞振飞的《太白醉写》，父亲十分欣赏俞氏的表演：潇洒飘逸，无论唱念做，在观众眼前再现了千年前的诗仙李白。看到父亲这么开心，几天以后，换了戏单，我又陪父母观赏了俞、言二位合演的大戏《长生殿》。这场《长生殿》，父亲看得很专注。他这一次更多的是从文学的角度来看这出戏。他说，昆曲这古老的剧种，保留着不少明代洪昇《长生殿》传奇的原貌，很多唱段就是原传奇的曲词，"天淡云闲，列长空数行新雁……"真好，但他接着又感慨：古老而优美的曲词，以后怕是懂得的人越来越少了。

陪父母一同看了这两场昆曲，从此我也成了戏迷。

（九）紫藤高槐荫映下的"顾随书房"

在天津师院第二宿舍这座小楼里，父亲有一间约四十平方米阳光充足的书房。宿舍楼前有一架藤萝，"墙外的马路上有一棵特别高大的槐树"，枝叶的浓绿"越过了墙头，遮阴了墙内的隙地，一直伸展到我的窗前"。早年在北平城里租住的第一处寓所东四四条一号书房窗前，有一架藤萝，父亲因之将书斋命名"萝月斋"；后来迁居至南官坊口二十号，院内有两株高大的古槐，以致迁离时不

1956年春，与夫人、四女、五女摄于校内寓所前

禁发出“一住七载，老屋古槐，自多眷恋”的叹息。这一生最后一处住所，藤萝、高槐同来相伴，但他并没有像过去那样为这间书斋命名，只在刚刚入住时，为了来访者的方便，在书房门框上贴了一张名片大小的卡片，上面毛笔书写了“顾随书房”四个字。我想，如果父亲沿旧习为书斋定名，或当是“槐斋”或“槐庵”吧？

1956年春，父母和四女之燕、五女之平在楼外的藤萝架前合影。这时，四姐已是天津总医院的医生，五姐北京医学院[1]即将毕业。4月初春假，之平来津，她们俩和父母一起拍照，父亲感冒刚好，面容显得瘦削；母亲则因到津后几年安定与宽裕的日子，显得比在北京时丰润多了。

父亲这间宽敞的书房，四周摆满了书架书橱。（还有许多书上不了架，只好装满几只大麻袋，存放在储藏间里。）在“顾随书房”，两种书引起了我的注意。一种是如碑帖般大小、厚约三四寸的大套佛经，这是从学校图书馆借来的。多年后我才知道，那是为了开设“佛典文学”一课而阅读参考的，父亲真是教到老、学到老、研究到老啊！另一种是早年购买的英文原版小说和文学理论，摆在小沙发旁的一个小书架上，父亲往往是在写作疲累的时候，或十分闲散的时候，读读这些原版书。这使我惊异于父亲那么“老”了，还能以读英文原版书为消遣；也让我想到，生活在新中国，没有了生活上的压力，他才可能在重温英文原著的艺术享受中，回味

[1] 1952年院系调整，北京大学医学院独立，并更名为北京医学院。

1954年初夏与教研室同仁在书房合影

已逝的青春岁月。

由于书房宽敞，大排书架前摆放着旧日的一个圆形小藤桌和几把小藤椅，若友人或学生造访，大家可以围桌而谈。父亲初到师院时，古典文学教学组加上他才四位教师，同事们为照顾他，教研活动常常在这里进行，这张合影记录下了当年的情景。照片上左一举手讲话者是小父亲十岁的北大前后同学魏际昌先生，左二是辅大弟子高熙曾先生，右二是当时的教学组长、后来我的导师韩文佑先生，右一是教务处工作人员。照片的背景是几大架线装书，为了取阅方便，父亲用绿色“虎皮宣”裁成小条，工整地写上书名，贴在卷套的合口处。书架顶上中间竖排着的是一些工具书，现在只能判定那两本黑皮的精装本是《辞通》；往左一大套是开明书店精装十六开本的《廿五史》；最左侧就是那套从学校借来的、用硬木盒封装的佛经。父亲一生买书重实用，他没有经济实力购置古老的“豪华”版。

这一间书房还曾兼有“讲堂”之用。1959年冬，父亲为几名系内的青年教师和外校的进修教师开“小灶”（当时名为“研究班”）。“学生”们得以簇拥在老师身边，围坐在这小藤桌旁，听老师为他们系统讲授《诗经》、楚辞、《史记》、曹操、陶渊明。这台“小灶”一直延续到次年春父亲大病不起方才结束，可说是父亲一生四十年讲坛生涯的“告别演出”。

如果有人问我，父亲在这间书房里最后读的是什么书，我可以肯定地回答，有案可查，稼轩词是也。一册1933年“辛社校印”的

《稼轩长短句》上，留有父亲读后的手记。于《水龙吟·登建康赏心亭》下片首韵后有四十三字的手记，后署“六〇，三，十二”。于《水龙吟·用“些”语再题瓢泉……》之词序后题曰：

想见老辛得意。

于词后先题：

以体制论，自有《水龙吟》来，无有此作。三月十六日

再题：

前片虽然反面立说，不失为积极浪漫主义；后片则是消极矣。六〇年三月高烧过后识。述堂

这一次的“高烧”，燃尽了父亲生命最后的能量。烧退之后，他的身体渐渐趋于全面衰竭，留在稼轩词上的数行手迹竟成了他的绝笔。

1960年9月6日下午4时，父亲在设于“顾随书房”内的病榻上安然睡去，再没有醒来。父亲一生读书、教书、写书，书斋是他最后的归所。

1959年岁末与家人在起士林餐厅进餐

不是结语的结语

这是父亲生前最后一张生活照。

1959年下半年，学校里有一段平静宽松的日子，父亲的精神和身体似乎也比前一段好。初冬，他听了两场昆曲之后，岁末，1959年最后一天的中午，他带着家人到小白楼起士林西餐厅美餐辞岁。照片上父亲刚刚喝完了汤，正看着老妻进餐，等待服务员上下一道菜，照片上背对镜头只顾进餐的是我。以摄影为业余爱好的四女之燕带着相机，留驻了这温煦而和美的瞬间。

进入1960年，父亲的身体渐渐不能支持，春暖之后几乎没再出过房门。赏昆曲、品西餐，是父亲人生最后岁月里一段十分愉悦的时光。

就让这册简约记述父亲一生的书卷在和煦欣悦中结笔吧。

六女之京丁酉年拜书

二〇一九年三月改定

后 记

这一册《我的父亲顾随》的写作，本没有在我的计划甚至设想之中，它源自一次注定的因缘。

2017年是父亲诞辰一百二十周年，河北大学筹划举办一系列纪念活动，需要我在5月12日的纪念会上结合图片资料向与会者介绍父亲的一生。我应命以八年前一份不足万字的“影记”为基础，增添图片，拓展内容，书为一份两万字的新的《顾随影记》。纪念会上，限于时间，我对父亲一生六十四年的岁月只讲了不到一半。想不到就是这不足一小时的发言，引出了这一册书的写作。

纪念会刚刚结束，第一次谋面的河北大学出版社编审何东女士走到我身旁，紧紧拉着我的双手，诚恳而又热切地对我说：“顾老师，您讲得太好了，我要为顾随先生出一本图文并茂的传记！连书名我都想好了——《我的父亲顾随》。我必须要您这份稿子！”其时她刚刚成功地策划出版了叶嘉莹先生《我的老师顾随先生》一书。我清楚地知道，绝不是我“讲”的有什么好，而是父亲的道德、学问、人品、性格……感染了这位女编审。她的恳切，燃起了我为父亲写一本简传的激情。

2007年，拙笔曾撰写出版了一册《女儿眼中的父亲——大师顾随》，那本书有它特殊的写法——多层面、纵向与横向交织的结构，在父亲生命的轨迹中，交错着对创作与学术成就的探寻。十多年过去了，有关父亲的历史资料又获得了不少；而且十多年来对父亲的著述与有关史料的研读，也使我对他老人家的认识与了解更趋亲切与深入，确实需要一册依历史年轮简约而全面地记述父亲一生的传记。

机缘凑泊，我高兴地接受了这项任务，且自订规程：笔再拙，思再滞，也决心在父亲诞辰一百二十周年这有意义的一年里拜书这份传记。写作中，有时会感到心脏跳动的疾速，有时也不免感伤而流泪，但更多的是感受着展现父亲的真实人生油然而生的激动与欣慰。戊戌年（2018）正月十二日是父亲诞辰的日子，我完成了这册书的初稿。之后几次修改补正，方才有了今时与读者见面的这一册拙作。在整个撰写的过程中，一同进行顾随研究的赵林涛、高献红、石蓬勃三位忘年之友，给了我许多帮助；正读高中的孙儿许昊喆，寒假期间与我一同完成了书稿的电子录入，并核校了部分引文。

父亲1960年谢世，他的一生为承传优秀的中华传统文化而竭尽心力，死而后已。他的身后虽经历磨难，逐渐被社会遗忘，但随着改革开放的春风吹遍祖国大地，顾随的名字日渐为人们所熟知，顾随的道德学问、人师风范愈来愈清晰地走入人们的视野。顾随学术形象的重生，正是从一个微小的具体的视角，见证了祖国改革开放四十年的历程。在这一册书即将面世之际，作为父亲的女儿，我愿将这份习作，呈奉给他老人家的在天之灵；作为祖国的女儿，我更要以这一册拙作，在庆祝改革开放四十周年的时刻，作为向祖国的一份诚挚的献礼!

顾之京

2018年12月于河北大学